ONDE FICA O ATENEU?

IVAN JAF

Onde fica o Ateneu?
© Ivan Jaf, 2001

Conforme a nova ortografia da língua portuguesa

Editora-chefe	Claudia Morales
Editor	Fabricio Waltrick
Editora assistente	Marcia Camargo
Preparadora de original	Jandira Queiroz
Coordenadora de revisão	Ivany Picasso Batista
Revisora	Luciene Lima
Estagiária	Fabiane Zorn

ARTE
Diagramadora	Thatiana Kalaes
Editoração eletrônica	Estúdio O.L.M.
	Eduardo Rodrigues
Editoração eletrônica de imagens	Cesar Wolf
Ilustrações	Luiz Gê
Ilustração de Raul Pompeia	Samuel Casal
Estagiária	Mayara Enohata

CIP-BRASIL. CATALOGAÇÃO NA FONTE
SINDICATO NACIONAL DOS EDITORES DE LIVROS, RJ

J22o
Jaf, Ivan, 1957-
 Onde fica o Ateneu? / Ivan Jaf ; [ilustrações Luiz Gê]. - 2.ed. - São Paulo : Ática, 2008.
 96p. : il. - (Descobrindo os Clássicos)

 Contém apêndice e suplemento
 ISBN 978-85-08-12031-4

 1. Pompeia, Raul, 1863-1895. O Ateneu - Literatura infantojuvenil. I. Gê, Luiz. II. Título. III. Série.

08-4037.   CDD: 028.5
                                          CDU: 087.5

ISBN 978 85 08 12031-4 (aluno)

2017
2ª edição
9ª impressão
Impressão e acabamento: Edições Loyola

Todos os direitos reservados pela Editora Ática S.A.
Avenida das Nações Unidas, 7221
Pinheiros – São Paulo – SP – CEP 05425-902
Atendimento ao cliente: (0xx11) 4003-3061 – atendimento@aticascipione.com.br
www.aticascipione.com.br

IMPORTANTE: Ao comprar um livro, você remunera e reconhece o trabalho do autor e o de muitos outros profissionais envolvidos na produção editorial e na comercialização das obras: editores, revisores, diagramadores, ilustradores, gráficos, divulgadores, distribuidores, livreiros, entre outros. Ajude-nos a combater a cópia ilegal! Ela gera desemprego, prejudica a difusão da cultura e encarece os livros que você compra.

O GRANDE MISTÉRIO DE O ATENEU: CONVERSAS ESCLARECEDORAS

As coisas não andavam nada bem para o detetive Mendes. Para economizar aluguel viu-se obrigado a mudar para o escritório, o que não era nada confortável. Como teve de improvisar uma cozinha colocando um fogareiro dentro de um dos armários, comer uma refeição decente era um sonho intangível. Mal cabia no banheiro, o que tornava o banho uma atividade de contorcionista. Mas, o pior de tudo, é que há muito tempo não via um cliente pela frente. Assim, quando o senhor T apareceu querendo contratar os seus serviços, Mendes pensou que finalmente a sorte batia a sua porta.

O cliente trazia um livro, chamado *O Ateneu*, que foi escrito em 1888, e, desde então, vinha provocando muita polêmica. Pois aquele livro continha alguns mistérios que ele queria que o detetive investigasse. Mendes não podia imaginar o quanto esse encontro com o estranho senhor T iria mudar a sua vida e trazer confusão para muita gente!

Dessa forma Ivan Jaf vai resgatar este clássico da língua portuguesa, *O Ateneu*, de Raul Pompeia, um dos mais controvertidos autores brasileiros.

Onde fica o Ateneu? tem todos os ingredientes de uma autêntica história policial: detetives atrapalhados, perseguições, caçada a suspeitos, tocaias, pancadaria. Porém, muito mais que uma história divertida, é uma fantástica incursão ao mundo dos livros, um bate-papo esclarecedor e envolvente com uma grande obra da nossa literatura.

Os editores

SUMÁRIO

1. Grande demais para o banheiro 9
2. A sorte bate à porta 12
3. Suspeitos de papel 17
4. Entrando no mundo dos livros 24
5. Pesquisa à tapa 29
6. O meio é um ouriço invertido 35
7. Puxando pelas orelhas 43
8. Lágrimas no fosso 50
9. Marcas do passado 63
10. Além do pó 69
11. Dando um trato no visual 74
12. Pista viva 78
13. Livro é uma coisa muito estranha 82
14. Quem é vivo desaparece 85

Outros olhares sobre *O Ateneu* 89

· 1 ·
Grande demais para o banheiro

A primeira coisa que o detetive Mendes fazia ao acordar era besuntar o cabelo crespo com bastante óleo de amêndoas e alisá-lo alguns minutos com um pente fino e ensebado.

Depois jogava água no rosto com violência, e ia se lavando até debaixo do braço. Em seguida, ainda molhado, fazia a barba, com cuidado para não cortar um pedaço do papo de gordura que unia o queixo ao pescoço.

Era um homem muito feio.

O nariz nunca mais se recuperara de um soco, numa briga de Carnaval. Ficou para sempre inchado, vermelho e desabado, como um telhado de vigas podres.

As orelhas eram muito grandes, e delas saíam pelos duros como um cacto. Na da esquerda faltava o lóbulo, cortado a gilete por uma senhora agressiva, presa em flagrante vendendo pistolas automáticas no estacionamento de um supermercado.

Os olhos eram bolas vermelhas, irritadas, cercadas por olheiras marrons. A boca sem lábios, apenas um rasgão, parecia ter sido feita às pressas.

Mas seu maior problema naquele escritório era com o resto do corpo. Grande demais para o banheiro.

Mendes media 1,98 m e pesava 122 kg. Metade disso era gordura, acumulada em uma vida de pratos feitos e coxinhas de galinha.

Depois de quinze anos como policial, convenceu-se de que não podia continuar vivendo honestamente só com o que recebia de salário. Pediu uma licença sem remuneração para tentar ganhar a vida como autônomo. Abriu um escritório de detetive particular.

As novas despesas e a falta de clientes acabaram de arruiná-lo.

Como o aluguel do escritório era mais barato do que o do seu apartamento conjugado no Meier, resolveu morar "no serviço". Mas não conseguia abrir os braços para se lavar dentro do pequeno banheiro. Tinha de forrar a entrada com um plástico e pegar a água na torneira com os braços estendidos. Dessa maneira conseguia tomar sua metade de banho, mas sempre respingava as pastas na estante ao lado da porta e os papéis no chão, ao lado da mesa.

O banho ele resolveu puxando um cano com chuveiro da entrada de água da descarga. Com os braços colados ao corpo, ficava girando e se sacudindo embaixo da água.

Secava-se do lado de fora, porém, e voltava a respingar tudo, e a empapar o velho tapete desfiado que escondia os tacos soltos do piso. O sol nunca entrava ali. Os pontos úmidos se transformavam em placas de fungo verde.

Tinha medo de um dia entalar no banheiro e não conseguir sair, por isso sempre deixava o telefone por perto, para poder chamar os bombeiros.

A cozinha era um fogareiro dentro do armário de aço cinza. Quando precisava fazer uma fritura levava o botijão de gás e a frigideira para o beiral da janela e forrava o chão com jornais. Na noite anterior havia fritado umas sardinhas e tomado cervejas.

Ainda estava tudo lá quando a campainha tocou. O jornal respingado de gordura, as latinhas espalhadas por todo lado, a frigideira em cima da mesa, com restos de espinha e farinha de rosca, um prato com duas moscas no batente da janela e o plástico todo molhado na porta do banheiro.

Mendes disse um palavrão. Estava só de calção, molhado da cintura para cima e com espuma de barbear no rosto. Tão cedo, só podia ser o porteiro com alguma conta para pagar, ou alguém do escritório de contabilidade ao lado pedindo para usar o telefone.

Passou uma toalha na cara e abriu a porta.

Um velho atarracado e alto, com um olhar duro, de terno escuro e surrado, com uma barba branca curta e o cabelo cortado à máquina, segurava um envelope pardo à altura do peito.

— O senhor é o detetive? — ele perguntou.

"Caramba! Um cliente!", pensou Mendes, e disse:

— Sou. Pode entrar.

O homem deu três passos para a frente, abriu o envelope, tirou um livro e o colocou sobre a escrivaninha.

O livro se chamava *O Ateneu*.

· 2 ·

A sorte bate à porta

Mendes vestiu a calça e a camisa que estava sobre a cadeira, sentou, colocou a frigideira no chão, apoiou os cotovelos na escrivaninha e disse:

— Olha, meu amigo, eu não vou dizer pra você "desculpe a bagunça" porque a situação aqui tá imperdoável. Quer que eu explique?

— Não precisa. É o senhor Mendes? Detetive particular? Desculpe, não havia placa na porta...

— Não gosto de publicidade pessoal. Sente-se, por favor. Como se chama?

O velho sentou. Devia ter uns setenta anos. Todos os seus movimentos eram lentos, e a voz rouca e calma:

— Prefiro não dizer meu nome. Tudo bem?

Mendes coçou a cabeça. Teve de enxugar o dedo úmido de óleo de amêndoas na beira da camisa. Sacudiu os ombros:

— Tudo certo, chefia. Mas vou ter de te chamar de alguma maneira.

— Chame de T.

— Doutor T?

— Não. Só T.

— Então "senhor" T. Não vou cobrar mais por isso. O que o traz aqui? Ah, antes de mais nada... para uma pesquisa que ando fazendo: alguém me indicou? Ouviu falar dos meus serviços?

— Fiz um sorteio.

— Como é?

— Você fez propaganda no jornal.

— Mês passado.

— Recortei vários anúncios de detetives particulares, dobrei, enfiei num jarro, fechei os olhos e escolhi um.

— Isso não melhora minha autoestima, mas vamos em frente. Qual é o seu problema?

— Quero que faça uma investigação pra mim.

— Isso eu já tinha adivinhado. Que tipo?

O homem empurrou *O Ateneu* com o dedo indicador até o detetive e disse:

— Já leu esse livro?

Mendes sofria de vários complexos, e um deles era achar que todos o consideravam ignorante. Pensavam que um sujeito com aquela cara, e daquele tamanho, não podia ter muita cultura. O que mais o irritava é que estavam certos.

— Não. Não li.

— Posso falar um pouco sobre ele? É fundamental para o que vou pedir.

Ele nunca dizia "sou todo ouvidos" por causa de outro complexo: o tamanho de suas orelhas. Apenas balançou a cabeça para cima e para baixo:

— Esse livro foi escrito por Raul Pompeia. Já ouviu falar? — começou o velho.

— É uma rua de Copacabana. Uma vez estourei uma boca de fumo de grã-fino num apartamento lá. Mas acho que isso não tem nada a ver.

— Não, não tem. Raul Pompeia foi um escritor e jornalista que nasceu em 1863, aqui no estado do Rio de Janeiro, em Angra dos Reis.

— O sujeito que me vendeu essas sardinhas, que eu comi ontem, disse que elas tinham vindo de lá. De Angra. Mas acho que ele me enganou. Saiu um óleo esquisito delas. Deixou a frigideira toda colorida. Elas vieram foi mesmo da Baía de Guanabara. Se eu passar mal, vou na feira dar uns tapas nele. Ah, desculpe. Continue...

— Seu pai tinha posses. Em 1873 trouxe a família para o Rio de Janeiro, que naquele tempo ainda era a Corte.

— Era?

— Com certeza. A República só foi proclamada em 1889.

— Ah, tá. Lembrei. Prossiga.

— O pai de Pompeia vivia do aluguel de algumas casas e era advogado. Tinha condições de dar ao filho a melhor educação que o dinheiro podia pagar. Por isso, assim que chegaram aqui, o menino foi para um internato. O melhor.

Mendes trincou os dentes. Ele também estudara num internato. Mas não era nada bom. Na verdade era um depósito barra-pesada de pequenos delinquentes.

— Esse livro é a história de um menino chamado Sérgio, que o pai coloca para estudar num internato. E é aí que você entra, Mendes.

— Não. Num internato eu não entro de novo. De jeito nenhum. Bom, tô brincando. Continue...

— Apesar de se saber que Pompeia passou de fato por internatos, esse livro não é uma autobiografia.

— Não é não?

— Autobiografia é quando uma pessoa escreve sobre a sua própria vida.

— Tudo bem.

— Esse romance foi publicado a partir de 1888, em forma de folhetim. Sabe o que é folhetim?

— Não — o detetive fechou os punhos, num ato reflexo, com vontade de socar aquele sujeito que sempre terminava as frases com uma pergunta que ele não sabia responder.

— Os romances antigamente saíam nos jornais, em capítulos. Em "folhetins". Era como as novelas de televisão, hoje em dia.

— Já entendi.

— Pois então... o folhetim fez sucesso. E levantou muita polêmica, porque Raul Pompeia mostrou à sociedade, sem hipocrisia, o que se passava dentro das paredes de uma instituição de ensino quase sagrada. Alguns críticos dizem que ele foi até cruel.

— Onde eu entro nisso?

— Uma das polêmicas era saber qual o grau de verdade nesse livro. Como eu disse, não é uma autobiografia. O personagem principal, o menino Sérgio, não era exatamente o Pompeia, entende?

— Nem podia ser. Um era de verdade, o outro tava dentro do livro.

— É. É mais ou menos isso. Mas os estudiosos, os críticos, os leitores... qualquer um que lê esse livro sente que há uma grande parte dele que é verdadeira... Que Pompeia passou mesmo por aquilo... Ele conseguiu expressar os sentimentos de um menino dentro de um internato.

"Eu sei o que é isso, e de verdade mesmo", pensou Mendes.

— O que deixa muita gente curiosa, inclusive eu, é saber o que foi verdade... O colégio de fato existiu. Mas havia vários internatos importantes na época, a qual Pompeia se referia? Como se chamava? Quem era na verdade o diretor, que no livro aparece com o nome de Aristarco?

— Mas o diabo do colégio não chamava Ateneu?

— Não.

— Quem é Ateneu então? Já descobriram? Quer que eu descubra pro senhor, é isso?

O homem endireitou-se na cadeira, passou a mão direita na cabeça e manteve a voz calma:

— Ateneu é só um sinônimo de colégio. Era assim que chamavam os estabelecimentos de ensino naquela época.

Mendes engoliu em seco e controlou-se. Bater num cliente não seria uma boa propaganda para seu escritório.

— Não se pode saber tudo — disse. — Vamos em frente.

— Esse é um dos melhores livros já escritos no Brasil. Pode acreditar. Tem um mistério nele que o faz ser reeditado há mais de cem anos. Já foi analisado por muitos críticos... e na verdade não conseguiram nem encaixá-lo em alguma corrente literária conhecida.

— Legal.

— Já foi parnasiano, naturalista, realista... Alguém disse que é um livro "impermeável a classificações literárias".

Mendes não conseguia entender aonde o cliente queria chegar, nem as palavras que falava. Com a sorte que estava tendo nos últimos tempos, talvez o sujeito fosse só um doido e ele ia ter de atirá-lo porta afora.

— Quanto a mim... — cortou, insistindo.

— Eu me interesso muito pelo Ateneu.

— Já deu pra notar.

— Não quero fazer mais uma análise literária, Mendes. Quero uma investigação policial.

— Explica melhor, gente boa.

— Qual era o internato? Quem era o diretor? O internato pega fogo no final do livro. Esse incêndio aconteceu de fato? Ou foi simbólico? Se aconteceu, foi um acidente ou provocado? Se foi provocado, quem colocou fogo? O livro relata um assassinato dentro do colégio. Esse assassinato aconteceu mesmo? Quem morreu de verdade? Quem foi o assassino? Tudo isso eu gostaria que você investigasse. Então, aceita o caso?

Mendes espantou-se com o entusiasmo do cliente. Talvez por isso sua resposta foi a mais sincera possível:

— Senhor T, acho tudo isso meio maluco, mas se o senhor me pagar cinquenta paus de diária, mais trezentos quando o caso for resolvido, fora as despesas extras, comprovadas com recibos, eu topo.

— Ótimo. Quando pode começar? Está muito ocupado?

— Tá brincando? A maré tá braba. Tô fazendo despacho com miojo pra economizar galinha preta.

• 3 •
Suspeitos de papel

Até ver o dinheiro em sua mão Mendes ainda desconfiava que o tal senhor T era mais um dos muitos malucos que viviam ali pelo centro da cidade.

— Faça um relatório detalhado do que for descobrindo — disse o senhor T.

— Pode deixar — prometeu o detetive.

— Quero saber tudo mesmo. Os detalhes da investigação, o processo que você vai usar... Descreva as pessoas com quem fala, os lugares...

— Espera aí. Não sou bom nesse negócio de escrever.

— Então grave uma fita cassete.

— Isso tudo bem. Ah, uma coisa... como eu encontro o senhor?

— Vou deixar esse exemplar de *O Ateneu* com você. Tem um papel dentro com o número do meu celular.

Sempre muito calmo, o senhor T se despediu inclinando a cabeça. O detetive fechou a porta e ficou espiando, através do olho mágico, o misterioso cliente esperar o elevador. Assim que o elevador começou a descer, Mendes saiu do escritório, correu pelas escadas o mais rápido que pôde e conseguiu chegar na calçada, bufando como um asmático, ainda a tempo de ver as costas largas do terno surrado do senhor T atravessando a rua. Começou a segui-lo.

"Um detetive precisa saber pra quem está trabalhando", justificou. Por mais que a aparência daquele cliente estranho lhe parecesse inofensiva, era bom saber quem ele era e onde morava.

O escritório ficava num prédio velho, no centro da cidade, quase na esquina da rua Senador Dantas com a Evaristo da Veiga.

O homem se encaminhou a passos lentos para a praça Cinelândia. Era fácil segui-lo no meio de toda aquela gente. Mendes se sentiu esperto.

Então o senhor T desceu na estação do metrô e passou pela catraca para idosos. O detetive teve de entrar na fila para comprar o seu bilhete. Quando desceu as escadas rolantes o trem já havia levado seu cliente embora.

Voltou ao escritório xingando a si mesmo.

— Os botões da tua camisa tão na casa errada — avisou o porteiro.

— Vai cuidar da tua vida.

* * *

Preparou um café no fogareiro dentro do armário de aço. Encontrou duas fatias de pão velho e comeu olhando para o livro em cima da mesa.

Precisava desesperadamente do dinheiro.

Não sabia por onde começar. Estava acostumado a agir, perseguir, fazer tocaia, prender os suspeitos, sair no tapa. Andou de um lado para o outro, jogou uma lata vazia de cerveja no fosso do prédio para espantar os pombos, chutou a porta do banheiro e, afinal, sentou, abriu o *O Ateneu* e começou a ler.

Logo na primeira linha levou um susto. O pai está deixando o filho na porta do internato e diz: *Vais encontrar o mundo. Coragem para a luta.*

Fechou os olhos e lembrou. Aquilo havia acontecido com ele. Seu pai o deixou na porta da fundação para meninos carentes e, assim que entrou, um moleque deu um cascudo na sua cabeça e disse uma coisa muito parecida:

— Agora teu mundo é aqui, mané. Vai à luta.

Continuou.

Bastante experimentei depois a verdade deste aviso, que me despia, num gesto, das ilusões de criança educada exoticamente na estufa de carinho que é o regime do amor doméstico...

Mendes sorriu. Não podia dizer que seu ambiente familiar era uma estufa de carinho... mas, do que se lembrava, também não era o inferno que encontrou dentro do internato. Quantas vezes não chorou de saudades do pai, querendo estar na laje de casa com ele, soltando pipa...

Lembramo-nos, entretanto, com saudade hipócrita, dos felizes tempos; como se a mesma incerteza de hoje, sob outro aspecto, não nos houvesse perseguido outrora e não viesse de longe a enfiada das decepções que nos ultrajam. [...] Bem considerando, a atualidade é a mesma em todas as datas.

Uma coisa estranha foi acontecendo com Mendes. Apesar da linguagem complicada, era como se Pompeia começasse a conversar com ele... Como se estivesse ali no escritório, contando uma história muito parecida com a sua.

Teve de ler várias vezes alguns trechos para entender. Precisou encontrar o velho dicionário na estante para desempacar, saber o que era "eufemismo", "partistas", "placentário"...

Às vezes assustava-se com as coincidências.

Ele também tinha onze anos quando foi para o internato.

A última imagem de sua família reunida era a mesma descrita por Pompeia:

> Um dia meu pai tomou-me pela mão, minha mãe beijou-me a testa, molhando-me de lágrimas os cabelos e eu parti [...] Olhei triste os meus brinquedos, antigos já!

A cada trecho do livro, Mendes ia identificando as semelhanças com a sua vida:

> ... Aristarco todo era um anúncio. Os gestos, calmos, soberanos, eram de um rei... O andar deixava sentir o esforço, a cada passo, que ele fazia para levar adiante, de empurrão, o progresso do ensino público; o olhar fulgurante, sob a crispação áspera dos supercílios de monstro japonês... o queixo severamente escanhoado, de orelha a orelha... Reforça-se sobre tudo isso um par de bigodes, volutas maciças de fios alvos... Em suma, um personagem que, ao primeiro exame, produzia-nos a impressão de um enfermo, desta enfermidade atroz e estranha: a obsessão da própria estátua.

No seu internato havia um diretor autoritário, que usava um bigodão enorme, e que andava com o peito estufado e o queixo levantado. "O meu diretor pode não ter ganho uma estátua", pensou, "mas mereceu uma porção de homenagens nas portas dos banheiros."

Quando virou a quarta página, o papel com o telefone do senhor T caiu sobre o tampo da escrivaninha.

Se fosse uma linha fixa Mendes ligaria para um amigo na companhia telefônica e descobriria o endereço do cliente, mas com um celular isso era impossível.

Discou. O senhor T atendeu ao segundo toque:
— Detetive Mendes? Alguma novidade?
— Não, senhor. Apenas uma pergunta.
— Pois não.
— O senhor me deu este livro ou só emprestou?
— Pode ficar com ele.
— É que estou com vontade de sublinhar umas frases. E fazer anotações nas páginas.
— Fique à vontade.

Desligaram. Mendes continuou a ler, até terminar o primeiro capítulo.

Encontrou algumas pistas.

O nome do diretor estava lá: Dr. Aristarco Argolo de Ramos, Visconde de Ramos. E a descrição completa dele, com um desenho também. Era só tirar uma cópia ampliada. Serviria como um retrato falado.

As ilustrações, feitas pelo próprio Raul Pompeia, iam ajudar muito. Havia um desenho de um detalhe do portão, e outro, da fachada do internato.

No meio do capítulo, sublinhou uma informação importante: *O Ateneu estava situado no Rio Comprido, extremo, ao chegar aos morros.*

Aquilo deveria ser mentira, ou o senhor T não o teria procurado, mas também podia ser verdade. Ia investigar.

Sublinhou todos os nomes dos personagens, à medida que iam aparecendo. Para ele, eram todos suspeitos.

Fez duas listas, em duas folhas de caderno. Em uma anotaria os nomes e as características dos professores, na outra, os dos alunos.

Sublinhou também um trecho que falava sobre o uniforme usado pelos estudantes: *A bela farda negra dos alunos, de botões dourados.* Podia ser importante.

Havia uma descrição da parte exterior do colégio:

> À noite houve baile nos três salões inferiores do lance principal do edifício e iluminação no jardim.
> Na ocasião em que me ia embora, estavam acendendo luzes variadas de Bengala diante da casa. O Ateneu, quarenta janelas, resplendentes do gás interior, dava-se ares de encantamento com a iluminação de fora. [...] Um jacto de luz elétrica, derivado de foco invisível, feria a inscrição dourada ATHENÆUM em arco sobre as janelas centrais, no alto do prédio.

Anotou: jardim; fachada com quarenta janelas; dois andares; letreiro em curva, com o nome ATENEU escrito.

Marcou também a descrição da mulher do diretor, dona Ema:

> Bela mulher em plena prosperidade dos trinta anos de Balzac, formas alongadas por graciosa magreza, erigindo, porém, o tronco sobre quadris amplos, fortes como a maternidade; olhos negros, pupilas retintas, de uma cor só, que pareciam encher o talho folgado das pálpebras [...] Adiantava-se por movimentos oscilados [...] Vestia cetim preto justo sobre as formas, reluzente como pano molhado; e o cetim vivia com ousada transparência a vida oculta da carne. Esta aparição maravilhou-me.

Mendes parou de ler e olhou para o teto. Outra coincidência: como não havia mulheres no internato, o sonho dele e de todos os outros moleques era a mulher do diretor, que às vezes vinha buscá-lo de carro no final do dia. Era também cheia de curvas, e desfilava pelos corredores povoando as imaginações.

Não conseguiu mais se concentrar na leitura. Imaginava a mulher do diretor de seu internato vestida como a "dona Ema", num vestido de cetim preto transparente... Estava sem namorada há muito tempo. Muito tempo mesmo.

O motivo era fácil de imaginar. Qualquer espelho mostraria.

Requentou o café e releu as anotações. Era assim que um detetive trabalhava. Conseguindo descrições e fichando suspeitos. Mesmo que fossem de papel.

Parou de trabalhar quando sentiu fome. Lembrou do dinheiro em seu bolso e resolveu comemorar. Desceu do prédio, voltou à praça Cinelândia e foi almoçar no bar Amarelinho.

Enquanto mastigava o contrafilé concluiu que não bastaria ler o livro. Todos aqueles nomes fichados, mesmo que tivessem existido, já estavam mortos há muito tempo. E seus filhos e amigos deviam estar mortos também. E todos que os conheceram. Reais ou não, àquela altura só existiam dentro dos livros.

Era dentro dos livros que tinha de investigá-los. Mas Mendes não entendia nada de livros. Sabia atirar. Nisso era bom. A bala quase sempre ia aonde ele mirava. Agora mesmo estava com seu trinta e oito ali, preso ao cós, na parte de trás das calças. Sabia usar uma faca também. E um soco seu atravessava uma porta.

Mas com livros... Seus dedos eram grossos demais para virar as páginas, sua vista ficava logo ardendo, as costas doíam de ficar na mesma posição e um cacoete no braço esquerdo, de tanto levar o coldre ao lado do coração, fazia o livro mexer e embaralhava as letras.

Terminou de comer e pediu mais um chope, perguntando-se como fazer uma investigação dentro de livros.

De repente soube a resposta.

Estava ali, diante dele, o tempo todo.

· 4 ·
Entrando no mundo dos livros

Bem em frente ao bar Amarelinho. Na avenida Rio Branco. Do outro lado da praça Cinelândia. A Biblioteca Nacional.

Se precisava de livros, ali devia ter o bastante.

Subiu as escadarias, passou pelo grande portão de ferro e foi barrado por um guarda:

— Cadê o crachá?

— Que crachá, meu irmão? — irritou-se Mendes. — Eu só quero ver uns livros.

— Tem que mostrar os documentos ali naquela mesa e pegar um crachá.

O detetive tirou a carteira da polícia e abriu quase no rosto do outro:

— E se eu mostrar *este* crachá pra você? Não dá no mesmo?

— Companheiro, não amassa o meu cano. Esse emprego é bom e eu tô a fim de ficar nele. Vai lá, pega o crachá. Faz esse favor pro seu amigo aqui.

Mendes sacudiu os ombros, fez o que o outro pediu. Ele não queria criar confusão. Mas tinham que pedir por favor.

Entrou numa fila de estudantes que gritavam e riam. Ficaram todos em silêncio. Ele metia medo.

Teve de mostrar a identidade para ganhar o crachá. Passou pelo guarda. Entrou num corredor muito largo e alto. Es-

tava perdido. Uma senhora baixinha, gorda, com o cabelo pintado e uma pilha de jornais na mão esperava o elevador.
— A senhora trabalha aqui? — ele se aproximou.
— Trabalho.
— Eu queria uma informação...
— Pois não.
— Preciso de algum livro do Raul Pompeia. Ah, que não seja *O Ateneu*. Esse eu já tenho.
— Não sabe o título?
— Não.
— Pode me dizer exatamente o que quer?
— Vou tentar. Estou investigando esse tal de Pompeia. Queria informações sobre ele.
— O senhor deseja um estudo biográfico ou uma análise crítica da obra?
— É. É.
— Bom... Entre no salão de leitura, naquela porta, e pesquise no catálogo. Procure por assunto. Na letra P, de Pompeia.
— Tudo bem.
— Espere, melhor ainda. Procure por autor. Na letra C. Coutinho, Afrânio. Ele tem um belo estudo sobre Raul Pompeia. Guardou bem? É um crítico literário famoso. Afrânio Coutinho.
— Certo. Afrânio Coutinho. Valeu.
— O senhor sabia que Raul Pompeia foi diretor desta biblioteca, quando ela ainda era no prédio antigo, na rua do Passeio?
— Não. Foi bom saber.
— Onde está seu crachá?
— No bolso.
— Prenda na camisa.
— Assim?
— É. Boa tarde.

— Boa tarde.

Entrou na sala de leitura furioso. Alguém ia acabar engolindo aquele crachá.

Era um lugar muito amplo, retangular, com janelões em todas as paredes. O ar-condicionado estava ligado. No centro do salão, umas cem mesas e cadeiras, enfileiradas como num colégio. Os armários dos catálogos ficavam à direita. As fichas dos livros estavam por ordem alfabética, em pequenas gavetas de um metro de comprimento. Com aquilo ele sabia trabalhar. Os arquivos da polícia eram parecidos.

Encontrou com facilidade: Coutinho, Afrânio. Obras de Raul Pompeia, volume II — O Ateneu. Arrancou a ficha e levou-a até um rapaz muito magro, de ombros curvados, que estava atrás de um balcão à direita da porta de entrada.

— Quero dar uma olhada nesse livro aqui.

— Ei! Tá maluco? — o rapaz chegou a gritar.

Mendes, num reflexo, levou a mão à coronha do revólver, por baixo da camisa.

— O que é? O que foi?

— Você arrancou a ficha do catálogo!

— E como é que você queria que eu trouxesse até aqui? Quer que eu arraste o móvel todo?

— Coordenadora! Coordenadora! — o outro gritou para uma mulher alta e muito magra que acabava de entrar, mas ela não ouviu.

— Escuta aqui, garoto — o detetive falou, com o dedo espetado na ficha sobre o balcão. — Deixe de bancar o nervosinho. Vamos resolver esse assunto entre nós dois. Como machos. Como é que eu faço pra fazer você me trazer esse maldito livro aqui?

O rapaz tentou ainda pedir ajuda, mas o enorme corpo do detetive tapava todo o seu campo de visão. Conformou-se:

— Tudo bem. Eu anoto a numeração, neste papel, e mando pegar o livro.

— Legal. E eu espero aqui.

— Não! Não... tome essa placa. Vê esse número? Corresponde a uma daquelas mesas. O senhor senta lá e espera que eu vou levar o livro.

— Você não tá querendo me enrolar não, né?

— Não. É assim mesmo. O processo...

— Acho bom que esse livro apareça, cara. Ou eu acabo com você.

— Não se preocupe... Agora o senhor tem de ir lá e colocar essa ficha de volta ao catálogo.

— Mas que tipo de negócio é esse? É o cliente que faz tudo por aqui?

— Tudo bem. Pode deixar, senhor. Vá sentar. Eu levo a ficha.

Mendes foi para sua mesa, sentou, apoiou a cabeça sobre os braços dobrados para descansar do almoço e acabou dormindo.

* * *

Quando acordou já eram duas da tarde. Estava com os braços dormentes e os rins doíam. Viu o livro à sua frente. Olhou para o rapaz, do outro lado do balcão. Ele sorria amarelo. Mendes esticou o indicador para ele, com o polegar levantado, como se estivesse dando um tiro. Ele parou de sorrir.

Puxou um bloco e uma caneta do bolso e começou o trabalho.

A senhora baixinha falara a verdade. Havia muita informação sobre Raul Pompeia ali.

Na biografia, um relato resumido de toda a sua vida, desde o nascimento até o suicídio, com uma bala no peito, numa noite de Natal.

Na cronologia vinha a informação de que Pompeia estudara num colégio chamado Abílio, no bairro de Laranjeiras, cujo diretor se chamava Abílio Cesar Borges, o barão de Macaúbas.

Na bibliografia, uma lista de tudo que escreveu, e a relação de todos os livros e artigos de jornal que falavam sobre ele.

Mendes anotou tudo que poderia ter algum interesse. Foi um trabalho duro. Tinha uma certa prática, passara algum tempo fazendo relatórios policiais e boletins de ocorrência nas delegacias em que trabalhara, mas estava destreinado. Os dedos e o pulso de sua mão direita doíam.

Alguns dos títulos dos artigos de jornais chamaram sua atenção. Pareciam tratar justamente do que o senhor T queria saber. Sublinhou dois: "O mistério do Ateneu", de Luís Martins, que saíra em *O Estado de S. Paulo*, de 19 de junho de 1965 e "Onde era o Ateneu?", no *Jornal do Brasil*, em setembro e dezembro de 1976.

Terminou de anotar tudo, guardou o bloco e a caneta, fechou o livro e foi entregá-lo no balcão.

O rapaz tornou a ficar nervoso.

— Não é pra trazer os livros aqui. Eles devem ficar sobre a mesa.

Mendes apertou as duas mãos no balcão. Seus dedos incharam e ficaram vermelhos.

— Quer saber? Já tô cheio. Não adianta a gente querer ser educado com vocês. Que se dane! Me diz só mais uma coisa. Eu preciso ler uns jornais velhos. Como é que eu faço?

— É só sair daqui... Vá na sala de periódicos. No corredor da direita, depois do banheiro.

— Se você tiver me enganando com esse negócio de periódico, só querendo que eu saia, eu volto aqui...

O rapaz ficou pálido, tentou sorrir, apontou para a porta e balançou a cabeça, para cima e para baixo.

· 5 ·
....
Pesquisa à tapa
....

Mendes encontrou fácil a porta com a placa "Periódicos", mas entrou desconfiado, achando que o rapaz queria era se livrar dele. Não acreditava que jornais de trinta, quarenta anos ainda pudessem existir. Tinha perguntado por perguntar. Talvez aqueles artigos de jornal estivessem copiados em algum livro.

O salão era pouco menor que o outro. Muitas mesas, com máquinas estranhas sobre elas, parecidas com tevês à manivela. Um balcão à direita. Havia muitas estantes, cheias de livros, livros muito grandes, mas não viu nenhum jornal. Já ia voltando, para tirar satisfação com o rapaz da sala de leitura, quando uma mulher magra, baixa, com uns óculos que duplicavam seus olhos, perguntou se podia ajudar. O sorriso dela o acalmou.

— Não, obrigado — ele disse. — É que um palhaço quis me fazer de bobo. Mas ele vai aprender a não brincar comigo. Imagine se alguém ia ser maluco de ficar guardando jornal por quarenta anos. Se existisse um lugar assim, quem ia gostar era o peixeiro lá da feira, o que me vendeu as sardinhas. Ele ia ter papel pra embrulhar peixe pro resto da vida e...

— Nós somos — a mulher o cortou.

— O quê?

— Somos malucos. Juntamos jornais aqui há mais de um século. Temos quase todos os periódicos das principais cidades brasileiras, principalmente Rio de Janeiro e São Paulo.

— Tá brincando?

— O senhor preenche essa ficha...

— Já tive problemas com fichas lá do outro lado. Quero ver esses jornais aqui — e Mendes mostrou suas anotações no bloco.

— Escreva o nome do jornal nesses quadradinhos — ela tinha paciência e boa vontade. — Isso... coloque aqui o mês e o ano que quer pesquisar... pronto... Não é fácil? Agora entregue essa ficha naquele balcão ali.

— Deus lhe pague.

Do outro lado do balcão havia três mulheres. Uma estava concentrada em lixar as unhas enquanto a outra lhe contava os pormenores de um fim de semana no sítio de um parente. A terceira, com um olhar aparvalhado, tirou a ficha de sua mão sem dizer uma palavra e entrou num armário de aço muito grande, pintado de esmalte branco. Ficou lá dentro uns vinte minutos.

Voltou com três caixinhas de papelão.

— Ei! Eu pedi jornal! — Mendes reclamou.

A mulher parecia estar sonâmbula. Guardou a ficha numa gaveta e começou a atender outra pessoa.

O detetive deu um soco no balcão.

A mulher acordou.

As outras duas olharam pela primeira vez para ele.

— Eu quero jornal! — ele repetiu. — Vá pegar o jornal que eu pedi!

Um senhor de rabo de cavalo, pele amarela e camiseta preta saiu do armário, com um ar cansado, como se morasse lá dentro:

— Qual é o problema? — perguntou, junto ao balcão.

— Eu vim aqui, com calma, pedi o jornal pra essa moça aí, com toda a educação, e ela não...

— Seu jornal está aí, amigo — cortou o homem.

O detetive apontou o dedo enorme na cara dele:

— Você não sabe com quem tá se metendo, meu chapa. Mesmo se vocês dobrassem bem, um jornal não ia caber nessa caixinha. Mas eu vou abrir ela. Se o jornal que eu pedi não estiver aí dentro eu vou amarrar esse seu rabo de cavalo lá no ventilador de teto e você vai ficar girando o resto do dia!

Mendes abriu uma das caixinhas, e encontrou um rolo de filme. Puxou uma ponta do filme e encostou-a no nariz do homem.

— Tá vendo? Isso é um jornal, por acaso? Responde!

— Não, não é.

— Acho que a coisa se complicou pro teu lado, irmãozinho.

O homem esvaziou os pulmões com um suspiro e disse:

— É um microfilme.

— Alguém aqui ouviu eu pedir um microfilme?

Então foi seguro pelo cotovelo.

Deu um pulo para trás, e sua mão instintivamente tocou a coronha do revólver. Mas era apenas a mulher simpática, de olhos duplos. Ela continuava sorrindo:

— Calma, amigo. Nós não guardamos os jornais. Suas páginas são fotografadas uma a uma e vão para o arquivo.

Ela o levou até uma das mesas e explicou como funcionavam aquelas máquinas parecidas com tevês à manivela. Ele aprendeu a rodar o microfilme, viu como as páginas do jornal ampliadas passavam pela tela.

— Obrigado, dona. Eu não posso adivinhar as coisas, não é? — agradeceu.

Pegou o bloco e a caneta e começou pelo jornal de São Paulo. No rolo encontrou microfilmadas todas as páginas, de todas as edições, do mês de junho de 1965 do jornal *O Esta-*

do de S. Paulo. Rodou a manivela até o suplemento literário do dia 19. Lá estava o artigo: "O mistério do Ateneu".

Leu três vezes, até entender que o tal mistério era se Raul Pompeia seria um "naturalista", como queriam dois homens, chamados Mário de Andrade e José Veríssimo, ou um "simbolista", como afirmavam outros dois, Ledo Ivo e Agripino Grieco.

— Então a porcaria do "mistério" é esse? — disse em voz alta, assustando a estudante ao lado, e voltou a girar a manivela, ao contrário, com raiva.

Passou para a segunda caixinha. Naquele rolo estavam edições do *Jornal do Brasil*, do Rio de Janeiro, do mês de novembro de 1976. Procurou o artigo com o título "Onde era o Ateneu?" nos microfilmes do dia 14, mas não encontrou. Estava a ponto de dar um soco na tela quando viu o nome Ateneu na seção de cartas de leitores. E então encontrou uma boa pista.

Um homem chamado Bruno de Almeida Magalhães dizia que o verdadeiro Ateneu não era o Colégio Abílio, na rua Ipiranga, no bairro de Laranjeiras, e sim o Seminário de São José, no antigo Largo do Rio Comprido.

Mendes voltou algumas páginas do bloco e leu, nas anotações que fizera em casa, que de fato Pompeia havia escrito que estudara no bairro do Rio Comprido. Anotou: Seminário São José, Largo do Rio Comprido.

No último rolo, do *Jornal do Brasil*, do mês de dezembro de 1976, logo no dia 2, na mesma seção de cartas, um sujeito chamado Rudy Mattos da Silva escreveu indignado que o Ateneu era mesmo o Colégio Abílio, que ficava na rua Ipiranga, número 70.

Mendes tomou nota de tudo. Ficou satisfeito com a investigação. Conseguira dois endereços reais. Podia fazer o que sabia: ir nos lugares, perguntar diretamente às pessoas, pessoas vivas.

Sentiu que batiam em seu ombro.

Um segurança da biblioteca, com a mão direita no cabo do cassetete de madeira preso à cintura, avisou:

— Não pode usar caneta aqui dentro não.

O detetive custou a entender.

— Como é que é?

— É surdo? Não pode usar caneta dentro da biblioteca.

— A tinta do meu dedo acabou.

— Olha pra minha cara e vê se eu tô rindo. Guarda a caneta.

— E eu vou escrever com quê, gente boa?

— Com lápis.

— Olha, faz um favor. Vai encher o saco de outro.

— Guarda a caneta. Tô avisando.

— E onde é que eu vou arranjar um lápis?

— Se vira. Tu não é quadrado.

— Juro que eu não quero confusão. Consegue um lápis pra mim e eu finjo que somos amigos.

— Não tem lápis aqui. Quem quiser que traga de casa.

— Bom, então estamos com um problema, não é? Sai fora e me deixa trabalhar.

Mendes voltou às suas anotações.

O outro colocou a mão em seu ombro direito, sacudiu-o com força e disse:

— Já mandei guardar a caneta.

O detetive ergueu o cotovelo esquerdo e acertou a barriga do guarda. O homem dobrou para a frente, sem ar, e levou um tapa na cabeça, acima da orelha esquerda. Rodopiou e caiu de costas.

Mendes continuou sentado. Escreveu mais duas linhas enquanto as pessoas se aproximavam.

Dois seguranças ergueram o companheiro. Um senhor de terno claro impediu-os de puxar os cassetetes e perguntou:

— O que está acontecendo aqui?

— Pedi pra esse maluco não usar a caneta e ele me agrediu — disse o guarda.

Mendes se levantou, colocando o bloco e a caneta no bolso:

— Não, não pediu não. Você mandou. Se tivesse pedido por favor não apanhava. Lembre disso da próxima vez.

O senhor de terno interferiu:

— Isto aqui é uma instituição pública. Você pode ser preso por desacato e agressão a uma autoridade e...

— Até posso, mas vai dar um trabalho danado me segurar — retrucou Mendes.

E fechou os punhos.

Então a mulher de óculos voltou a acalmar a situação, saindo do meio dos curiosos que cercavam o grupo:

— Ei, foi só um mal-entendido. Vamos deixar isso pra lá. É a primeira vez que esse senhor vem fazer uma pesquisa. Não está acostumado com as regras.

— E vocês têm um bocado de regras malucas — completou o detetive.

Ela levou-o até a porta da biblioteca:

— Obrigado. Como você se chama? — ele agradeceu.

— Beth.

— Mendes. Não sou de criar confusão.

— É verdade.

— Sério. Era só o sujeito ter pedido por favor.

— É. Eles não pedem. Mas acho que depois dessa...

— Me diz uma coisa. O que vocês têm contra as canetas?

— Algumas pessoas escrevem nos livros. Se usarem só lápis, podemos apagar depois.

— O mundo é assim. A gente paga pelos pecados dos outros. Não viu o que fizeram com Cristo?

— Quando voltar aqui me procure e eu ajudo você, tá?

• 6 •
O meio é um ouriço invertido

Mendes descobriu que morar no centro da cidade tinha vantagens e desvantagens. Ali quase não morava ninguém. As pessoas iam só trabalhar. Uma coisa ruim é que quase não existiam supermercados nem padarias. Em compensação, não se corria o risco de pisar em cocô de cachorro nas calçadas. Quando saiu da Biblioteca Nacional teve de andar até o final da rua da Carioca para comprar pão, mortadela e café.

Já era noite quando voltou ao escritório. Fez sanduíches e encheu a garrafa térmica com um café grosso e escuro como asfalto derretido. Estava disposto a passar a noite trabalhando.

Antes de tudo, para não esquecer nenhum detalhe, tirou o pequeno gravador da gaveta e fez seu relatório. Pulou a parte da agressão ao guarda.

Depois, com as pernas esticadas sobre a mesa, só parando para encher a xícara de café, voltou a ler *O Ateneu*.

A primeira frase do segundo capítulo era uma informação importante: *Abriam-se as aulas a 15 de fevereiro*. Se conseguisse o calendário escolar de 1873, dos dois colégios, saberia a data do primeiro dia de aula, o que poderia ser decisivo.

Duas páginas depois, uma descrição do interior do internato:

O edifício fora caiado e pintado durante as férias, como os navios que aproveitam o descanso nos portos para uma reforma de apresentação. Das paredes pendiam as cartas geográficas, que eu me comprazia de ver como um itinerário de grandes viagens planejadas.

Nas paredes de seu internato Mendes também via velhas gravuras penduradas, para onde só pensava em fugir.

Havia estampas coloridas em molduras negras, assuntos de história santa e desenho grosseiro, ou exemplares zoológicos e botânicos, que me revelavam direções de aplicação estudiosa em que eu contava triunfar. Outros quadros vidraçados exibiam sonoramente regras morais e conselhos muito meus conhecidos de amor à verdade, aos pais, e temor de Deus...

Nas paredes da infância de Mendes, apenas folhas arrancadas das revistas, com jogadores de futebol, heróis de filmes de porrada e mulheres peladas.

Visitamos o refeitório [...] a cozinha de azulejo, o grande pátio interno dos recreios, os dormitórios, a capela... De volta à sala de recepção, adjacente à da entrada lateral e fronteira ao escritório [...] A rouparia ocupava grande parte do subchão do imenso edifício, entre o vigamento do soalho e a terra cimentada. Outra parte era destinada aos lavatórios, centenas de bacias, ao longo das paredes e pouco acima num friso de madeira os copos e as escovas de dentes. Terceiro compartimento, além destes, acomodava o arsenal dos aparelhos ginásticos e o dormitório da criadagem. Da rouparia para o recreio central atravessava-se obliquamente o saguão das bacias...

O detetive fez uma dobra no canto superior da folha, para marcar todas as páginas onde havia referências à aparência do lugar.

Continuava precisando do dicionário de vez em quando, isso o irritava, tinha vontade de atirar o livro pela janela, mas aí umas frases o atingiam em cheio. Então ele chegava a fechar os olhos, como se o livro estivesse descrevendo o que sentia naqueles dias...

Quando meu pai saiu, vieram-me lágrimas, que eu tolhi a tempo de ser forte. Subi ao salão azul, dormitório dos médios, onde estava a minha cama; mudei de roupa, levei a farda ao número 54 do depósito geral, meu número. Não tive coragem de afrontar o recreio. Via de longe os colegas, poucos àquela hora, passeando em grupos, conversando amigavelmente, sem animação, impressionados ainda pelas recordações de casa; hesitava em ir ter com eles, embaraçado da estreia das calças longas, como um exagero cômico, e da sensação de nudez à nuca, que o corte recente dos cabelos desabrigara em escândalo.

Ele também se refugiara no quarto, com a cabeça raspada com máquina zero, o pavor de ir para o pátio... até o inspetor expulsá-lo aos gritos e ameaças e jogá-lo no meio das feras, para os primeiros xingamentos, cascudos na nuca e empurrões.

Lembrou-se da sua primeira noite no internato, a força que fez para não o ouvirem chorar... *A solidão das crianças...*

Continuou fichando todos os personagens, à medida que iam aparecendo, com seus nomes, descrições e características. Alguns ele marcava com um x. Eram os suspeitos em potencial de ter colocado fogo no colégio.

> *[...]; o Álvares, moreno, cenho carregado, cabeleira espessa e intonsa de vate de taverna, violento e estúpido [...]; o Negrão, de ventas acesas, lábios inquietos, fisionomia agreste de cabra, canhoto e anguloso, incapaz de ficar sentado três minutos, sempre à mesa do professor e sempre enxotado, debulhando um risinho de pouca-vergonha, fazendo agrados ao mestre, chamando-lhe bonzinho [...]; Batista Carlos, raça de bugre, válido, de má cara, coçando-se muito, como se o incomodasse a roupa no corpo, alheio às coisas da aula, como se não tivesse nada com aquilo, espreitando apenas o professor para aproveitar as distrações e ferir a orelha aos vizinhos com uma seta de papel dobrado. [...] o Malheiro... Forte como um touro, todos o temem, muitos o cercam, os inspetores não podem com ele [...] o Franco. Uma alma penada. [...] O diretor chama-lhe cão [...] aquele desagradável rapaz era o Barbalho, que havia de ser um dia preso como gatuno de joias [...]*

Mendes também podia fazer uma lista dos seus "colegas" de internato.

— Todos gente boa. Nunca foram presos à toa — disse para o gravador, mas depois apagou.

Aliás, pôde matar a saudade de um deles, acertando-lhe um tiro na perna, há pouco tempo, durante a tentativa de assalto a um caminhão de uma transportadora de cigarros.

Mas, para Mendes, o principal suspeito era o próprio Raul Pompeia, que na história era representado pelo menino Sérgio. Muitos parágrafos provavam que Sérgio não gostava do lugar, nem dos colegas, muito menos do diretor.

— Esse Raul Pompeia não me engana — disse para o gravador.

Também ele, Mendes, quantos castigos não sofreu da diretoria, no seu internato? Quantas brigas não travou com os outros internos? E as surras que tomou nos vãos escuros durante a noite? Os tapas que levou dos inspetores? Quantas vezes não quis colocar fogo no internato?

No começo do terceiro capítulo, quando Pompeia descreve uma espécie de piscina natural nos fundos do terreno, onde os alunos nadavam nos dias de calor, Mendes anotou outra informação importante: a água dali escoava para o rio Comprido.

> *Natação chamava-se o banheiro, construído num terreno das dependências do Ateneu, vasta toalha d'água ao rés da terra, trinta metros sobre cinco, com escoamento para o Rio Comprido e alimentada por grandes torneiras de chave livre. O fundo, invisível, de ladrilho, oferecia uma inclinação, baixando gradualmente de um extremo para outro. [...] Em certo ponto a água cobria um homem.*
>
> *Por ocasião dos intensos calores de fevereiro e março e do fim de ano, havia aí dois banhos por dia. E cada banho era uma festa [...]*

— Se no local do Colégio Abílio, em Laranjeiras, não houver um rio passando perto... — disse para o gravador.

Quando leu a respeito de uma moça, uma empregada chamada Ângela, que costumava aparecer na piscina para ver o banho dos alunos do Ateneu, Mendes fechou os olhos e pensou em Beth.

Não era a primeira vez que aquilo acontecia. Pensar na mulher da biblioteca. Não era bonita, mas seu sorriso compensava tudo.

Por vezes, o detetive sentia que a leitura se tornava pesada, fazia-o reviver as angústias das primeiras semanas no internato. Mas não conseguia parar de ler.

> *Estava aclimado, mas eu me aclimara pelo desalento, como um encarcerado no seu cárcere.*

Depois que sacudi fora a tranca dos ideais ingênuos, sentia-me vazio de ânimo; nunca percebi tanto a espiritualidade imponderável da alma; o vácuo habitava-me dentro. Premia-me a força das coisas; senti-me acovardado...

Assustou-se com uma frase: a mesma que seu pai costumava repetir, depois de ajudá-lo a resolver alguma coisa difícil, como um problema de matemática, ou andar de bicicleta: *[...] a cauda do demônio tinha talvez dois metros mais que na realidade.*
Lembrou do pai com uma intensidade estranha, que não sentia há muitos anos.
Quando leu... *Meu pai vinha ver-me todas as semanas...* sentiu um nó na garganta:
— Meu pai nunca me visitou. A gente se despediu na porta do internato e nunca mais se viu. Esse tal de Raul Pompeia vai acabar me fazendo chorar. Era só o que faltava — desabafou com o gravador, mas em seguida apagou.
No capítulo quatro encontrou uma descrição detalhada da sala de estudo.

Era [...] à beira do pátio central, uma peça incomensurável, muito mais extensa do que larga. De uma das extremidades, quem não tivesse extraordinária vista custaria a reconhecer outra pessoa na extremidade oposta.

Dobrou o canto da folha. Mais à frente, sublinhou o nome do aluno Franco. Porque descobriram que ele mijara no poço de onde tiravam água para beber, foi castigado, humilhado na frente de todo o colégio. Colocaram-no de joelhos no caminho do refeitório e, quando os meninos passavam, cuspiam nele, beliscavam-no, empurravam, xingavam, davam-lhe cascudos. Como vingança, noites depois Franco encheu o fundo da piscina com cacos de vidro. *A minha vin-*

gança! [...] Para o sangue, o sangue! [...] Amanhã rirei da corja!
— Isso torna esse tal de Franco também muito suspeito — falou ao gravador.

No começo do quinto capítulo, outra indicação do local do Ateneu. Na descrição sobre as solenidades em que os alunos se apresentavam no coral da escola, aparece uma *Filarmônica particular Prazer do Rio Comprido*. Sublinhou e anotou: saber se essa filarmônica existiu mesmo.

Adiante, sentiu de novo o nó na garganta, quando leu sobre os dias de folga, em que os internos reviam a família.

Os dias de saída eram de quinze em quinze. Partia-se ao domingo, depois da missa; voltava-se à segunda-feira, antes das nove da manhã. [...] Durante a primeira quinzena de colégio, o pensamento de um feriado e regresso à família inebriou-me como a ansiedade de um ideal fabuloso. Quando tornei a ver os meus, foi como se os houvesse adquirido de uma ressurreição milagrosa. Entrei em casa desfeito em pranto, dominado pela exuberância de uma alegria mortal. Surpreendia-me a ventura incrível de mirar-me ainda nos olhos queridos, depois da eternidade cruel de duas semanas.

Ao contrário dos outros meninos, Mendes odiava esses dias. Ninguém o visitava. Ninguém o buscava para levá-lo a um passeio. Nunca um carinho, uma mão na cabeça, ninguém para perguntar como ele estava passando. Nenhum olhar querido.

Sublinhou uma frase: *O meio, filosofemos, é um ouriço invertido*, e ficou pensando sobre ela. Uma boa imagem para sua infância. Os espinhos virados para dentro.

Páginas depois encontrou um assunto que entendia bem — um assassinato.

Leu e releu.

Tínhamos acabado de jantar e corria como sempre a recreação, que precedia a hora da ginástica. Das bandas da copa, ordinariamente sossegada, chegou-nos subitamente um rumor de algazarra. Era estranho.

O alarido cresceu; uma altercação violenta; depois fragor de luta, o estrondo de uma mesa tombando. Depois gritos de socorro; mais gritos; a voz de Aristarco aguda, dando ordens como em combate. Estávamos atônitos.

De repente vimos assomar à porta, que dominava o pátio sobre a escada de cantaria, um homem coberto de sangue. Um grito de horror escapou a todos. O homem precipitou-se em dois pulos para o recreio. Trazia um ferro na mão gotejando vermelho, uma faca de lâmina estreita ou um punhal.

"Matou! matou!" gritavam da copa; "pega o assassino!"

Eram os empregados. O jardineiro do colégio matara a facadas um criado da casa do diretor Aristarco, por causa da mulher, Ângela. Não havia o nome do assassino, nem da vítima.

Reviu suas anotações sobre as datas, e calculou que o crime deve ter acontecido nos meses finais do ano de 1873.

Voltaria aos jornais da Biblioteca Nacional. Um homicídio daqueles, à faca, dentro de um colégio de ricos, certamente tinha saído nos jornais. Ele então saberia o local do crime. O local verdadeiro.

A não ser, claro, que fosse tudo invenção de Pompeia.

Mas valia a pena voltar à biblioteca. Nem que fosse para rever Beth.

A cabeça de Mendes caiu para a frente e ele dormiu ali mesmo, sentado.

· 7 ·
Puxando pelas orelhas

Por ter dormido sentado, no dia seguinte Mendes mal podia andar.

Acordou com tal mau humor que teve medo de seu reflexo no espelho. Passou óleo de amêndoas no cabelo e lavou o rosto e o tórax com tanta fúria que deixou o tapete empapado e a porta pingando. Fechou a torneira torcendo-a como se fosse um pescoço inimigo e chutou a cesta de lixo, espalhando restos de sardinha e mortadela embaixo da escrivaninha.

Requentou o café da véspera e o tomou debruçado na janela, olhando o cinza encardido das paredes do fosso do prédio.

Acalmou-se o suficiente para começar mais um dia de trabalho. Sentou-se à escrivaninha, pegou seu caderno de anotações e tentou organizar as ideias.

O resultado mais imediato da investigação do dia anterior é que doía muito sentar. Era melhor não se meter na biblioteca de novo. Havia coisas a fazer na rua. Tiraria cópias ampliadas das ilustrações do livro: a fachada do prédio, o portão do Ateneu, o retrato do diretor. Depois iria nos dois endereços que conseguiu: o Colégio Abílio, na rua Ipiranga, 70 e o Seminário São José, no Largo do Rio Comprido. Se as construções ainda existissem, compararia suas fachadas com as do prédio dos desenhos. Seria uma boa prova do local do verdadeiro Ateneu.

A rua Ipiranga ele conhecia. Ficava no bairro de Laranjeiras, na descida de um viaduto, quase chegando ao Flamengo. O Largo do Rio Comprido teve de procurar num velho e ensebado guia do Rio de Janeiro. Ele estava na estante. E úmido.

Nem com o auxílio da lupa encontrou o largo.

Ligou para um amigo, velho motorista de táxi, que conhecia cada canto do Rio de Janeiro.

— Não existe — o outro foi logo dizendo.

— Mas está nos livros. Eu li.

— Tô dizendo que não existe. Trabalhei na área quarenta anos. Deve ser como chamavam alguma praça ali pelo Rio Comprido, mas muito antigamente.

Mendes concordou. Lembrou que na biblioteca deviam ter algum livro com os nomes antigos das ruas. Mas ele não queria rever Beth com aquela cara amassada e o corpo maldormido, cheio de dores. Bastava a feiura natural.

Vestiu-se e foi procurar uma livraria. Encontrou uma, grande, na rua do Ouvidor. Contou seu problema a uma menina bonitinha e ela tirou de uma estante um volume grosso, chamado *Histórias das Ruas do Rio*, de Brasil Gérson.

— O pessoal já escreveu sobre tudo, não é? — comentou Mendes, mas a menina se afastou rápido.

Procurou no índice, pelo nome do bairro: Rio Comprido. Leu algumas páginas, até encontrar: *A chácara mais famosa do Rio Comprido foi a do bispo Frei Antônio do Desterro... Daí a denominação mais tarde de Largo do Bispo, e depois Largo do Rio Comprido, e por fim avenida Paulo de Frontin.*

— Diabo! — falou, alto, assustando as pessoas ao seu lado. — Era tão fácil. Essa avenida eu tô cansado de conhecer.

De fato, fizera muitas batidas policiais no local, e já trocara tiros com marginais entre as pilastras do elevado que conduzia ao túnel Rebouças.

Resolveu ler o texto até o fim, e acabou encontrando duas pistas valiosas.

Primeiro, o livro citava o Seminário São José, e fazia uma referência a um outro livro, chamado *Crônicas da Cidade do Rio de Janeiro*, de Noronha Santos, onde havia mais informações sobre ele. Mendes anotou isso.

Segundo, o rio Comprido passava de fato pelos fundos das chácaras, formando piscinas naturais, e costumava provocar constantes inundações.

— Mas é como disse o Pompeia! — ele falou alto de novo, e bateu com a mão grossa na capa do livro.

Todos olharam para ele.

Mendes colocou o livro de volta à estante e tornou a perguntar à menina, apontando para o seu caderno:

— E este aqui? Desse tal de Noronha Santos? Vocês têm?

Ela foi pesquisar no computador.

— Não, senhor. É um livro esgotado. Nem a editora existe mais — foi a resposta.

— Mas como eu faço? Preciso dele.

— Só na Biblioteca Nacional.

* * *

Conformado, o detetive desceu a avenida Rio Branco em direção à praça da Cinelândia. No caminho, tirou cópias ampliadas das ilustrações de *O Ateneu*. Guardou o recibo da despesa.

Encontrar mais informações sobre o Seminário São José era muito importante. "Talvez Raul Pompeia tivesse dito a verdade. O Ateneu podia ficar de fato no Rio Comprido, como ele havia escrito, e sou capaz de provar isso, juntando todos os fatos com as pistas tiradas do livro."

Dessa vez mostrou os documentos, pegou o crachá, prendeu-o na camisa e passou sorrindo pelo guarda. Entrou no salão de leitura, procurou o livro de Noronha Santos nos arquivos, anotou seus dados numa ficha e levou-a ao rapaz do balcão. Ele começou a esfregar as mãos e a piscar os olhos quando viu Mendes se aproximar.

— Fica frio, irmãozinho — o detetive o acalmou. — Vim na paz. Tô fazendo tudo certo. Descola esse livro aqui pro seu amigo.

Foi esperar na mesa. Cochilou. Suas costas doíam muito. O livro chegou. Foi direto ao índice. Encontrou logo: Seminário Diocesano de São José, página 125. Passou as folhas rápido, com seus dedos grossos. O endereço estava bem embaixo do título: Avenida Paulo de Frontin, 568 — Rio Comprido.

Seis páginas sobre o internato. Ali, contada em detalhes, leu toda a história do seminário, do bairro do Rio Comprido, do Largo do Bispo, com datas, nomes dos proprietários... Duas informações o impressionaram:

Primeiro, o seminário ficava *exatamente ao pé das montanhas da Tijuca*. Como havia escrito Pompeia.

Segundo: antes de se mudar para o Rio Comprido, ele *se situava na altura mais ou menos do local onde hoje se vê o edifício da Biblioteca Nacional*.

Mendes olhou para os lados, assustado, como se estivesse cercado de fantasmas. Encontrava-se justamente sobre as ruínas do antigo Seminário São José.

Lembrou então que aquelas seis páginas, que continham até o endereço do que poderia ser o Ateneu real, eram uma prova importante para juntar ao relatório para o senhor T. Foi até o balcão com o livro e perguntou:

— Gente boa, como é que eu faço pra tirar umas cópias dessas páginas?

— O senhor preenche essa requisição aqui, marca as páginas e deixa o livro comigo — disse o rapaz, ressabiado.

O detetive, não querendo criar confusão, fez o que o outro mandou. Depois avisou:

— Vou tomar um café ali fora. Daqui a pouco eu passo pra pegar.

O rapaz então deu a notícia:

— Elas só ficam prontas daqui a dez dias.

Mendes sentiu os músculos dos braços endurecerem. Tentando se controlar, encostou a barriga no balcão e perguntou:

— Como é que é?

— É... o prazo normal para as cópias. Dez dias.

— Você tá querendo me dizer que vão levar mais de uma semana pra tirar seis cópias?

Nem percebeu que enquanto falava amassava com as duas mãos um bolo de fichas em branco que estavam sobre o balcão. O rapaz começou a dar tapas histéricos numa campainha. Uma senhora muito gorda, com o cabelo azulado, chegou em seguida, acompanhada de um segurança.

— O que foi? — ela perguntou, mas Mendes já puxava a identidade de policial do bolso e esfregava na cara de todos.

— Olha aqui! Polícia! Pedi com toda a educação. Preenchi todas as porcarias de fichas que esse filho da mãe pediu... Eu só quero sair daqui com as minhas cópias, numa boa... e ninguém se machuca!

— Não se exalte — pediu a mulher. — Se é um policial, deve se tratar de uma emergência...

— É! É uma emergência!

— Então me acompanhe. Traga o livro. Há uma fotocopiadora no subsolo.

Saíram do salão, dobraram o corredor à esquerda e desceram uma escadaria de mármore. Caminharam por um segundo corredor, estreito, com paredes de madeira, até chegar a um guichê. Já havia oito pessoas na fila diante dele. A mulher pegou o livro das mãos de Mendes, passou-o pela abertura do guichê e o colocou sobre uma mesa lá dentro.

— Depois o senhor pode deixar o livro aqui — ela falou, antes de se afastar.

O detetive agradeceu e pôs-se a esperar.

Meia hora depois estava exatamente no mesmo lugar. Do outro lado do guichê ninguém apareceu. Perguntou o que estava acontecendo para uma estudante, a sua frente na fila.

— O rapaz que faz as cópias foi almoçar.

— E não fica ninguém no lugar dele?

— Não. Não fica.

As costas doendo. Os pés em brasa. Tinha fome e sede. Fechava os olhos, tentava se acalmar pensando em outra coisa, mas o tempo se arrastava. Quarenta minutos depois continuava no mesmo lugar. Passou uma faxineira assobiando.

— O homem das cópias... — quis saber Mendes. — Que horas ele chega do almoço?

— Ah, já deve ter chegado, meu querido.

— Então o que ele tá fazendo?

— Sei lá. Vi ele entrando no banheiro.

Mendes estalou as juntas dos dedos e quis saber mais:

— Onde é o banheiro? Como é o nome dele?

— No final do corredor. Guilherme.

O detetive foi até lá.

Abriu a porta com um pontapé. Um senhor mijou nas calças do terno. Um rapaz passava papel higiênico molhado no tênis.

— Guilherme? — Mendes conferiu.

— Sou eu — disse o rapaz. — O que é?

O detetive o agarrou pelo braço e arrastou para fora do banheiro.

Seguiu com ele pelo corredor, quase suspenso no ar, e o jogou dentro da sala de cópias.

Mendes sentiu uma pancada na nuca e caiu para a frente.

Rolou sobre o próprio corpo e, quando levantou, viu três seguranças. Confiantes, permaneceram juntos, não se dividiram. Não esperavam uma reação. Qualquer outro teria recuado.

O detetive avançou, de braços abertos, jogando o corpo contra eles. Caíram todos contra a divisória de compensado, num estrondo que ecoou por todo o subsolo.

Mendes distribuiu pontapés e socos para todos os lados. Sentia os punhos batendo contra carnes e ossos. Até que conseguiram dominá-lo, e um dos seguranças segurou-o no chão.

Dois homens de terno escuro estavam de pé diante dele, esfregando o queixo:

— É da polícia... — disse um deles.

— Tirem as cópias que ele quer e o retirem pelo portão dos fundos — mandou o outro.

O detetive se debateu, tentou levantar, até sentir uma mão suave em sua testa. Era Beth.

— Deixa isso pra lá, Mendes. Não adianta.

Ele sorriu para ela, embaixo dos três seguranças, e perguntou:

— Quer almoçar comigo?

· 8 ·

Lágrimas no fosso

Atravessaram a praça em frente à Biblioteca Nacional e acomodaram-se em uma mesa, sob a marquise do bar Amarelinho.

Descobriram que gostavam do mesmo tipo de carne, ao ponto; que não comiam cebola; que detestavam o gosto do vinagre; que adoravam batata frita e não suportavam purê. E que o chope tinha de ser sem espuma.

Apresentaram-se um ao outro enquanto comiam. Falaram sobre o que faziam, como e onde viviam.

— Vou ser sincero, Beth — abriu-se o detetive. — Não sei lidar com as mulheres. Com essa cara que Deus me deu, não tive muita chance de aprender...

— Também não sou nenhum exemplo de beleza...

— Ah, não... você é legal! Bom, a não ser esses óculos...

— Tenho dez graus de miopia. Mas vou usar lentes de contato. Já mandei fazer.

— Viu? Você tem jeito.

Ela cruzou os braços e o olhou minuciosamente, dos pés à cabeça. Ele ficou constrangido:

— Não faz isso. Eu não vou passar no exame.

— Olha, vamos começar por esse negócio que você passa no cabelo...

— Óleo de amêndoas...
— Horrível. Parece sempre sujo.
— É. Às vezes junta até mosquito.
— Pare com isso. Deixe ao natural.
— Mas é horrível.
— Não pode ser pior do que assim, todo melecado.
— Você é sincera. Já é uma qualidade.
— Deixe a barba.
— Ah, não. Fico igual a um orangotango.
— Gosto de barba.
— Então eu deixo.
— Precisa perder um pouco de barriga...
— Tudo bem.
— ...pra esses músculos aparecerem...
— Músculo não falta. Por baixo da banha...
— O resto é uma questão de roupa. Vamos numa loja. Eu ajudo.
— O dinheiro é curto.
— Você faz um crediário. Com roupa nova o dinheiro vai entrar.
— É impressão minha ou estamos fazendo planos juntos, Beth?

* * *

Depois do almoço Mendes foi para o escritório. Todo o seu corpo doía, e mal podia mexer o pescoço por causa da cacetada na nuca.

Colocou um saco de gelo na cabeça e telefonou para o celular do senhor T. Precisava de mais dinheiro.

Cerca de duas horas depois a campainha o acordou.

O cliente misterioso entrou pela segunda vez no escritório, com o mesmo terno preto, sentou na cadeira em frente à escrivaninha e pousou suavemente um envelope sobre ela.

— Eu não o procurei só pelo dinheiro — disse Mendes, sentando-se também. — Queria algumas informações sobre o tal Raul Pompeia e o Ateneu.

— Como andam as investigações?

— Bem. Estou progredindo. Mas só quero falar sobre isso no relatório final.

— Tudo bem.

— Em dois, três dias...

— Não há problema.

— O senhor sabe alguma coisa sobre o suspeito... quer dizer, sobre o escritor do livro? Coisas pessoais...

— Vejamos... Consta que Raul Pompeia era ciclotímico.

— Ele consertava bicicleta?

— Não. Ciclotímico é uma pessoa cujo humor se altera com muita frequência. Tem crises de euforia e depressão. Os psiquiatras chamam de maníaco-depressivo.

— Isso é ruim?

— Muito. Faz a pessoa ter reações inesperadas. Muitas vezes contra sua própria vontade. Pompeia tinha atitudes desesperadas.

— Ao ponto de colocar fogo no colégio...

— É uma possibilidade. Gênios como ele têm muita sensibilidade. Escrever se torna um grande alívio, nesses casos. É uma descarga emocional. *O Ateneu* é um desabafo.

— Como é que um livro pode ser um desabafo?

— Se você tem sentimentos dolorosos sobre certas coisas que te aconteceram e consegue expressar esses sentimentos em palavras, falando ou escrevendo, isso é um desabafo.

— Devo ter uma sensibilidade muito esquisita. Desabafo pra mim é dar socos e tiros.

— Sensibilidade tem graus.

— Como é isso?

— Você pode desenvolver a sensibilidade pra ela ficar mais evoluída... Como a dos artistas.

— E pode me dizer como se faz isso?

— Lendo livros, por exemplo.

Mendes entortava clipes, pensando no assunto.

— Imagine um menino sensível como Pompeia — continuou o senhor T —, tirado pelo pai do seguro ambiente materno para o mundo hostil de um internato.

— Não preciso imaginar. Eu sei o que é isso.

— Imagine o ódio que esse menino ficou do pai, o sentimento de vingança.

— E tinha de ter ódio mesmo. Abandonar o menino desse jeito. Entregar às feras.

— Mas podia ser para o bem dele.

— O bem pra um menino é ficar com seu pai. Jogar bola com ele, soltar pipa, pedir um trocado...

— Bom... O pai de Pompeia, no livro, está representado pelo diretor, Aristarco.

— Pode ser. Descarregou o ódio nele.

— E muitos dizem que até com uma certa crueldade. O livro todo não deixa de ser uma vingança do menino Sérgio contra o diretor Aristarco. O garoto trancado naquele casarão... *Intolerável como um cárcere, murado de desejos e privações...*, como escreveu Pompeia, revelando à sociedade o que se passava numa instituição sagrada como a da escola... Toda a hipocrisia... Esses conflitos entre pai e filho são comuns durante a...

— Não são comuns não.

— A psicanálise afirma que...

— Quero que a psicanálise se dane. Tem pais que são piores que os outros! Depois não podem reclamar. Abandonar um menino assim...

— Bom... Sérgio descontou no Aristarco.

— Bem feito.

— O menino deslocou para o diretor todo o seu ódio contra o pai, que o afastou da mãe. O pai, o responsável involuntário do sofrimento de Sérgio...

— Involuntário é o escambau! Foi ele que largou o garoto na porta do...

— Às vezes, as circunstâncias...

— Não se faz uma coisa dessas com... ouve só... — Mendes folheou O Ateneu, procurando um trecho sublinhado, e leu:

> *Lembranças da família desviaram-me o curso às reflexões. Não havia mais a mão querida para acalentar-me o primeiro sono, nem a oração, tão longe nesse momento, que me protegia à noite, como um dossel de amor; o abandono apenas das crianças sem lar [...]*

— É isso aí. O cara escreve bem pra caramba. Bom, mas vamos pular esse assunto. Quer dizer que Pompeia tinha problema de cabeça?

— O que quer que fosse, piorou com o que veio a sofrer nesse período que passou no internato, justamente numa fase de formação... Continuou alternando momentos de euforia e depressão. Numa dessas se matou, na noite do Natal de 1895.

— Viu no que deu?

— Mas foi um homem vitorioso, afinal. As duas lutas políticas em que se empenhou, contra a autoridade, foram vencedoras: a abolição da escravatura, em 1888, e a proclamação da República, em 1889.

— Estou gostando do livro. Muitas palavras novas...

— Um menino de doze anos naquela época já sabia latim, grego, lia os filósofos, conhecia a história das civilizações...

— Sem tevê devia ser mais fácil.

— Justamente. Era uma cultura baseada em palavras, e não em imagens. O Ateneu serve também para dar uma ideia dos métodos educativos do Brasil na época do Império.

Continuaram conversando por algum tempo. Mendes esteve várias vezes a ponto de dizer que se emocionara com as lembranças de sua própria infância. Mas não disse. O cliente não tinha nada a ver com aquilo. E ficou com medo de acabar chorando.

Pouco depois do senhor T ir embora o detetive desceu para comer. Costumava ir num lugar que ficava na esquina da rua do Passeio. Foi pensando em sua vida, comparando com a de Pompeia.

— Me dá uma cerveja e dois churrasquinhos de gato desses aí — pediu para uma mulata gorda que o atendeu.

— "Gato" não, sangue bom. "Coelho de telhado".

* * *

Voltou ao escritório, preparou um café forte, estendeu o colchonete, ajeitou as almofadas e se acomodou para terminar de ler *O Ateneu*.

Teve dificuldade para se concentrar. Duas coisas não lhe saíam da cabeça: Beth e a dor da cacetada na nuca.

Tomou dois analgésicos fortes e esforçou-se para prestar atenção na leitura. Então uma frase de Pompeia o pegou: *... a necessidade de carregar um coração, um afeto...*

Ele nunca havia pensado no afeto como uma necessidade. Podia ser uma coisa boa, uma forma de passar o tempo, um compromisso... mas ser necessário... Mas fazia sentido... Era só lembrar como se tornava uma pessoa melhor apenas por pensar em Beth.

Talvez nunca tivesse tido um coração. Não conhecera afetos na infância. Não dera afetos depois. Ao contrário, distribuíra muita pancada e tiros.

Agora bastava pensar em Beth e o mundo se tornava um lugar agradável.

O esforço da vida humana, desde o vagido do berço até o movimento do enfermo, no leito de agonia, buscando uma posição mais cômoda para morrer, é a seleção do agradável.

— Diabo de livro maluco! Se eu penso numa palavra ela aparece na página. Esse Pompeia parece que tá conversando com os meus pensamentos.

Concentrou-se na história. Precisava trabalhar.

No segundo parágrafo do capítulo sete havia a descrição da paisagem em volta do colégio:

Tínhamos em torno da vida o ajardinamento em floresta do parque e a toalha esmeraldina do campo e o diorama acidentado das montanhas da Tijuca, ostentosas em curvatura torácica e frentes felpudas de colosso; espetáculos de exceção, por momentos, que não modificavam a secura branca dos dias, enquadrados em pacote nos limites do pátio central, quente, insuportável de luz, ao fundo daquelas altíssimas paredes do Ateneu, claras da caiação, do tédio, claras, cada vez mais claras.

Dobrou o canto da página. E lembrou-se do próprio tédio, das tardes abafadas no pátio, da falta do que fazer naquele depósito de meninos sem família. Em cada trecho que lia ia descobrindo mais semelhanças com a sua própria vida. Como no seu internato, no Ateneu se espantava o tédio com os jogos.

A peteca não divertia mais, palmeada com estrépito, subindo como foguete, caindo a rodopiar sobre o cocar de penas? Inventaram-se as bolas elásticas. Fartavam-se de borracha? Inventavam-se as pequenas esferas de vidro. Acabavam-se as esferas? Vinham os jogos de

> salto [...] a amarela [...] jogos de corrida [...] o chicote queimado [...]

Lá também se premiava as vitórias com cigarros ou dinheiro.

> [...] em que circulavam como preço as penas, os selos postais, os cigarros, o próprio dinheiro. As especulações moviam-se como o bem conhecido ofício das corretagens.

No capítulo oito, outra pista: a descrição de uma caminhada por uma estrada de areia quente, do Corcovado até o Rio Comprido.

> Os nossos passeios foram mais consideráveis.
> Primeiro ao Corcovado, assalto ao gigante, hoje domado pela vulgaridade da linha férrea. [...] Passeio noturno de alegria sem-nome. As árvores beiravam a estrada de muros de sombra. [...] Pelas abertas do arvoredo devassávamos abismos; ao fundo, a iluminação pública por enfiadas, como rosários de ouro sobre veludo negro. [...] ouvíamos na alvenaria do grande encanamento, pelos respiradouros, as águas do Carioca [...] Avistávamos por hiatos de perspectiva a baía [...] Voltávamos de um dia alegre como soldados batidos. A ordem de marcha decompôs-se aos poucos. Quando chegamos ao Rio Comprido...

Mendes prosseguia a leitura, mas a atenção vigilante de investigador era desviada a todo momento por uma frase, uma situação, que o fazia recordar sua própria infância.

O poeta foi registrando as estrofes... Murmuraram as brisas; as fontes correram; tomaram a palavra os sabiás; surgiram palmeiras em repuxo [...] todas essas coisas, de que se alimentam versos comuns e de que morrem à fome os versejadores. Súbito, no melhor das quadras, exatamente quando o poeta apostrofava o dia sereno e o sol, comparando a alegria dos discípulos com o brilho dos prados, e a presença do Mestre com o astro supremo, mal dos improvisos prévios! desata-se nas nuvens espessadas uma carga-d'água diluvial, única, sobre o banquete, sobre o poeta, sobre a miserando apóstrofe sem culpa.

Fez-lhe lembrar de uma solenidade ridícula, com discursos chatíssimos para agradar ao governador, em que choveu o tempo todo...

... Não sei que diabo de expressão notei-lhe no semblante, de ordinário tão bom. Desvairamento completo. Apenas me reconheceu, atirou-se como fizera Rômulo e igualmente brutal. Rolamos ao fundo escuro do vão da escada. Derribado, contundido, espancado, não descurei da defesa. Entrevi na meia obscuridade do recanto um grande sapato embolorado. Lutando na poeira, sob o joelho esmagador do assaltante, ataquei-lhe a cabeça, a cara, a boca, a formidáveis golpes de tacão, apurando a energia de sola ferrada com a onipotência dos extremos.

Quando brigou com um menino mais velho... A primeira vez que venceu alguém pela força dos músculos... A briga lhe custou semanas de castigos, um dente quebrado e um corte de faca dois meses depois, numa tocaia à noite, num canto do pátio.

Suas próprias experiências apareciam ali, no livro... Era muita coincidência... Até a *revolução da goiabada*...

... Decididamente era um dia nefasto. Do corredor, ouvimos enorme barulho no pátio. Recomeçavam as vaias. Protegidos pela noite, mostravam-se mais alvoroçados os rapazes. Era um tumulto indescritível, vozear de populaça em revolta, silvos, brados, injúrias, em que os gritos estrídulos dos pequenos destacavam-se como arestas da massa confusa de clamores.

Os inspetores chegaram aterrados a procurar o diretor, mostrando a cara salpicada de verrugas vermelhas. Adivinhei. Era a revolução da goiabada! Uma velha queixa.

A comida do Ateneu não era péssima.

O razoável para algumas centenas de tolinhos. Possuía mesmo o condimento indispensado das moscas, um regalo. Mas aborrecia a impertinência insistida de certos pratos. Uma epidemia, por exemplo, de fígados guisados, o ano todo! Ultimamente, havia três meses, a goiabada mole de bananas, manufatura econômica do despenseiro.

"No meu internato jogamos bolas de macarrão grudento com salsichas nos inspetores", pensou.

Uma atenção absorveu-me exclusiva e única. D. Ema reconheceu-me [...] Conversou muito comigo [...] Um fiapo branco pousava-me ao ombro do uniforme; a boa senhora tomou-o finamente entre os dedos, soltou-o [...] a senhora me prendia a mão nas dela, maternalmente, suavemente, de tal modo que me prendia a vivacidade também, prendia-me todo, como se eu existisse apenas naquela mão retida.

Seu primeiro contato com uma mulher... Era a cozinheira do orfanato... Uma mulher gorda, gentil com ele... Apenas as mãos apertadas, um abraço, um gesto de carinho... uma migalha de consideração para com um menino abandonado... sem mãe... A mesma emoção descrita por Pompeia, Mendes revivia com a lembrança.

Crescia-me o peito indefinivelmente, como se me estivesse a fazer homem por dilatação.

O livro traduzia seus sentimentos em palavras. Tantos anos depois... Aquilo fazia bem ao detetive.

As coincidências aumentavam a identificação com o menino do livro, Sérgio.

Com o tempo vim a descobrir que uma camarilha de espertos conseguira sofismar alguns paus da grade da última janela, três ou quatro leitos além do meu, e passavam de noite, quando o silêncio se fazia, a tomar fresco no jardim do diretor. Prefeririam as noites escuras, que têm mais estrelas e mais segredo, e preferiam as noites de chuva, que em questão de fresco são decisivas. Desciam por uma corda de lençóis torcidos e voltavam às vezes como pintos, mas refrescados sempre.

As fugas pela janela usando cordas de lençóis amarrados... No tempo de Mendes a corda de lençóis se chamava "tereza", e os meninos fugiam do internato para ver as meninas ou roubar a vizinhança.

O detetive devorava as páginas.

Às vezes recolhia uma pequena pista. No capítulo onze o colégio é chamado de "seminário". Como o do Rio Comprido.

Leu as últimas páginas com um nó na garganta. Não queria que o livro acabasse.

A descrição do incêndio. Detalhes nítidos demais para não ser verdade.

> *E tudo acabou com um fim brusco de mau romance...*
> *Um grito súbito fez-me estremecer no leito: fogo! fogo! Abri violentamente a janela. O Ateneu ardia.*
> *As chamas elevavam-se por cima do chalé, na direção do edifício principal. Imenso globo de fumo convulsionava-se nos ares, tenebroso da parte de cima, que parecia chegar ao céu, iluminado inferiormente por um clarão cor de cobre. [...]*
> *Ardia efetivamente o Ateneu. [...]*
> *Por maior incremento no desastre, ardia também, no pátio, uma porção de madeira que ficara das arquibancadas, aquecendo as paredes próximas, ressecando o travejamento, favorecendo a propagação do fogo. [...]*
> *O jardim era invadido pela multidão; vociferavam lamentações, clamavam por socorro. [...]*
> *O trabalho das bombas, nesse tempo das circunscrições lendárias, era uma vergonha. Os incêndios acabavam de cansaço. A simples presença do Coronel irritava as chamas, como uma impertinência de petróleo. Notava-se que o incêndio cedia mais facilmente sem o empenho dos profissionais do esguicho.*

Os suspeitos: um estudante chamado Américo e o próprio diretor.

— No final esse Pompeia parece querer incriminar outros — Mendes falou ao gravador — como age todo o elemento que comete um delito.

Chegou ao final.

> *Aqui suspendo a crônica das saudades. Saudades verdadeiramente? Puras recordações, saudades talvez se*

ponderarmos que o tempo é a ocasião passageira dos fatos, mas sobretudo — o funeral para sempre das horas.

Fechou o livro e foi até a janela.
Ficou olhando, no quadrado recortado no céu pelas paredes do fosso interno do edifício, o brilho encardido das estrelas.
Pompeia havia revolvido um passado muito doloroso para ele. Mexera no fundo, e muitas sensações haviam aparecido na superfície. Uma delas era aquele vazio estranho em seu peito. Custou a reconhecer. Era um vazio que sempre existira. A falta de seu pai.
Suas mãos grossas apertaram o batente da janela.
Chorou.

• 9 •
Marcas do passado

Acordou com o pescoço duro e um hematoma que começava na nuca e se espalhava por todo o ombro direito.

— O mundo dos livros é barra-pesada — resmungou, entalado no banheiro.

Enquanto se enxugava, molhando o tapete mofado e pensando com que roupa ia sair, concluiu que Beth tinha razão. Precisava mudar. Será que não lhe bastava a feiura natural? Tinha de acentuá-la com aquelas roupas... aquele ambiente...?

Vestiu o terno azul-marinho, o único, surrado na gola e nos cotovelos, e saiu.

— Morreu alguém? — perguntou o porteiro.

— Não enche.

Pegou o metrô até a estação Afonso Pena, na Tijuca, depois andou até a rua Paulo de Frontin, subiu por ela em direção ao túnel Rebouças, até parar diante do número 568.

O casarão ainda estava lá. Como estava escrito no livro.

Comparou-o com a cópia ampliada que havia feito do desenho de Pompeia. Parecia menor. Com menos janelas.

Havia uma placa de bronze do lado de fora do portão, explicando que ali funcionara o Seminário Diocesano de São José. Em outra placa, de acrílico, Mendes leu que o casarão colonial agora pertencia a uma fundação ligada a um importante canal de tevê.

Precisava entrar, dar uma volta em torno do prédio, examinar as fachadas. Aproximou-se da guarita junto ao portão e disse ao segurança:

— Sou arquiteto. Quero só estudar...

O homem o olhou atravessado e se comunicou com algum superior pelo interfone. Balançou a cabeça e desligou.

— Documentos — pediu ao detetive.

— Você não tá acreditando que eu sou arquiteto, não é?

— É isso aí.

— Acha que não existe arquiteto do meu tamanho, feio desse jeito, com essas mãos grossas?

— Quer que eu diga a verdade, gente boa?

Mendes sorriu e mostrou a carteira de polícia.

— Agora ficou melhor — disse o outro.

— É uma investigação particular. Preciso só olhar a fachada da casa. Dez minutos. Não embaça o meu lado não, companheiro.

— Vai lá. Cinco minutos.

Mendes caminhou por uma alameda cercada de flores que subia suavemente à esquerda e parou na sombra de uma amendoeira. Comparou o desenho com a parte frontal da casa, que diferentemente tinha apenas sete janelas. Mas todo o resto combinava... os dois andares, os balaústres de ferro... e principalmente a escadaria arredondada que levava à porta central, em arco.

Registrou o que viu em seu bloco de anotações. Depois repetiu a operação nas fachadas laterais. Os batentes de pedra das janelas correspondiam aos do desenho. Deu a volta completa e foi conferir os fundos da casa. Encontrou um pátio interno, cercado por uma varanda de madeira, cuja descrição lera em alguma parte do livro. Estava fazendo um desenho do local, quando um segurança fardado se aproximou, com a mão direita apoiada no cabo do cassetete. O detetive chegou a pular para o lado e fechar os punhos.

— Fica frio, sangue bom — disse o outro.
— Já expliquei lá na portaria. Pode perguntar.
— Eu sei. Vim só conversar.
— Conversar o quê?
— Pô, você é um sujeito nervoso, hein...
— Cachorro mordido de cobra tem medo até de linguiça.
— Sou polícia também. Vim só perguntar se posso te ajudar em alguma coisa.
— Desculpa. É uma investigação particular. Sou detetive.
— É. Eu também faço esse bico aqui, de segurança. Não dá pra viver só com o salário da polícia.
— Então isso agora é uma fundação?
— Sabe como é... o sujeito quando fica rico gosta de abrir fundação. Fundação não paga imposto de renda, e é muito bom pra lavar o dinheiro do caixa dois. Mas tu não veio investigar isso, não é?
— Não me meto em briga de cachorro grande. É outra coisa. Um cliente quer saber se foi aqui que um escritor chamado Raul Pompeia estudou.
— E pra que que ele quer saber isso? É parente dele?
— Vai saber...
— Bom, colega... eu não sei nada sobre isso.
— Me diz só uma coisa. Passa um rio ali nos fundos do terreno?
— Passava. Tinha até um tanque grande, um tipo de piscina, que agora tá cheio de entulho. Era um riacho. Foi desviado pro rio Comprido, ali em frente, embaixo do viaduto.
— E por acaso tem alguma estrada daqui pro Corcovado?
— Tinha um caminho que saía do morro aqui de trás e subia até lá. Mas agora as favelas tomaram conta de tudo. Só

sobrou um pedaço lá no alto, que chamam de estrada do Sumaré.

Enquanto Mendes esperava o ônibus para o centro da cidade, parado no ponto da rua Paulo de Frontin, vendo o casarão de longe, lembrou da descrição de Pompeia: *a floresta, e os contornos acidentados das montanhas da Tijuca...*

* * *

No centro tornou a pegar o metrô, até a estação do Largo do Machado. Daí subiu a rua das Laranjeiras, virou à esquerda na rua Ipiranga e parou diante do número 70.

O outro casarão.

Era muito maior. Um jardim imenso o separava da rua.

Tirou a cópia do desenho de Pompeia. O número de janelas, quase quarenta, combinava. Mas não havia a escada arredondada, levando a um portão central. As escadas ali eram duas, laterais, viradas em direções opostas, quase nos cantos da fachada.

Em volta não havia montanhas nem florestas. Elas estavam muito longe, azuladas pela distância.

Uma placa de acrílico junto ao portão, e letras enormes presas no alto da fachada, explicavam que ali agora funcionava o Instituto João Alves Affonso.

Do outro lado do portão havia um velho, sentado à sombra de um caramanchão de buganvílias vermelhas.

— Bom dia — Mendes cumprimentou.

— O senhor é que sabe.

— Eu podia entrar pra uma visita?

— Podia. Há uns anos. Agora não pode mais. Ordem da diretoria.

— Eu precisava olhar a fachada de perto. Fazer uns desenhos.

— Eu também preciso de um bocado de coisas, moço.

— Sou da polícia.

— Meu patrão não tem medo de polícia. Só tem amigo general, desembargador, juiz...

O detetive riu:

— Tudo bem. Banana não come macaco. Então quem sabe o senhor mesmo pode me ajudar. Aqui era o Colégio Abílio?

— Era. Na época do barão de Macaúbas. Foi vendido pra Sociedade Amante da Instrução, e fundaram esse Instituto João Alves, pra meninas órfãs.

— Passa um rio atrás?

— Nunca passou. Quer saber mais?

— Pode falar.

— Quem construiu aquele casarão ali foi um jurista chamado Augusto Teixeira, em 1859. Dez anos depois ele vendeu ao barão de Macaúbas, que se chamava Abílio César Borges. O barão fez obras e abriu o Colégio Abílio, em 1871. O colégio funcionou até 1886. Depois o barão vendeu, por 83 apólices da dívida pública federal, pra esse colégio de órfãs, conforme escritura lavrada no livro 387, folha 39, do tabelião Francisco Pereira Ramos. Tudo isso está no Registro Geral de Imóveis, folha 193, livro 4R, e no Arquivo Nacional.

O detetive tentou anotar tudo, mas se perdeu:

— O senhor pode repetir? — pediu.

O velho levantou, aproximou-se do portão e estendeu a palma da mão por entre as grades do portão:

— São dez reais.

— Pra repetir?

— Não. Pela informação. Se quiser que eu repita é mais cinco.

— Eu ia mesmo perguntar por que é que o senhor sabia tantas coisas.

— Todo mês aparece um ou dois por aqui, perguntando sobre o passado dessa casa, por causa do livro do Raul Pompeia.

Mendes atravessou a rua, parou num botequim, pediu uma cerveja e dois ovos cozidos. Enquanto bebia e tirava a casca rosa dos ovos, olhava para o casarão.

Conferiu novamente a cópia do desenho de Pompeia. Duas coisas estavam claras.

Primeiro: Pompeia quis confundir, misturando intencionalmente, na descrição do prédio e do local e no desenho, o Seminário do Rio Comprido e o Colégio Abílio, de Laranjeiras.

Segundo: nenhum dos dois pegara fogo. O incêndio tinha sido inventado.

· 10 ·
Além do pó

Ainda havia tempo para pesquisar sobre o assassinato. Desceu na estação do metrô do Largo do Machado e saiu na da Cinelândia, bem diante da Biblioteca Nacional.

— Isso é um lugar público, gente boa — disse para os guardas na entrada, que não podiam impedi-lo de entrar. — E cara feia pra mim é fome.

Foi direto à sala dos periódicos. Procurou por Beth. Ela estava ajudando uma estudante a manejar a máquina de passar os microfilmes. Sorriu para Mendes.

O detetive a esperou encostado na parede, perturbado pela constatação de que alguém podia sorrir ao vê-lo. Isso nunca havia acontecido antes.

— Oi — ela disse. — Veio agitar um pouco as coisas por aqui?

— Sou um homem de paz.

— É sim. E esse terno?

— Melhorou?

— Um pouco. Mas vamos comprar umas roupas novas, tá?

— Tudo bem. Vim investigar um assassinato.

— Chegou cedo. Só vou matar meu chefe no final da tarde.

— Por enquanto é só um crime de papel. Quero descobrir se aconteceu de verdade. Vou precisar olhar nos jornais.

— Ainda está trabalhando no caso do Ateneu?

— É. Na metade do livro um empregado mata o outro por causa de uma camareira chamada Ângela. Se isso aconteceu mesmo, e dentro de um colégio de bacanas, deve ter saído no jornal. E vou saber em que colégio.

— Em que ano foi isso?

— No primeiro que o tal Pompeia estudou lá, 1873.

— Dessa época acho que só temos o *Jornal do Comércio*. Posso te pedir um favor, detetive? — ela tornou a sorrir.

— Qualquer um.

— Senta ali quietinho e me deixa providenciar tudo.

Mendes acomodou seu corpo enorme diante de uma das máquinas e esperou. Pouco depois Beth trouxe um carretel de microfilme:

— Pronto. Aí estão todas as edições diárias do *Jornal do Comércio*, durante o segundo semestre de 1873. É bastante coisa.

— Vou trabalhar.

— Fechamos às cinco. Se quando terminar sentir fome, me convide pra jantar.

— Já estou com fome.

Mendes começou a desenrolar o passado diante de seus olhos. As letras eram pequenas. A primeira página vinha coberta de classificados. Venda ou aluguel de pessoas. Negros. Lembrou que aquilo ainda era no tempo do Império, antes da abolição da escravatura.

Custou a achar a seção policial. Era uma coluna, geralmente na página três, com o título de "Gazetilha". Ali havia notícias da cidade. Os crimes, prisões e óbitos vinham na parte final. Um pequeno título antes de cada registro ajudava seu trabalho.

Havia muito acidente, roubo, incêndio e bebedeira. Poucos homicídios, geralmente escravos matando senhores com facas, machados e pedaços de pau.

Não acontecia muita coisa naquela época, as notícias eram sobre coices de cavalo, atropelamentos por carroças, porres e até a bofetada que uma donzela desferiu, da janela, num homem que passou na calçada.

Morria-se muito, mas por doenças, como mostrava o obituário: catarro pulmonar, febre amarela, febre perniciosa, tifo, varíola, amolecimento cerebral, catarro sufocante, estrangulamento intestinal...

Mendes logo percebeu que se demorasse, lendo coisas que nada tinham a ver com a sua investigação, ia passar ali o resto do mês. Eram cento e oitenta seções de Gazetilha.

Girou a manivela superior com rapidez, só parando nas páginas três, procurando títulos como "assassinato", "crime na escola"... Numa época em que cair do cavalo virava manchete, tinha certeza que um acontecimento como aquele viria em destaque.

Só parou uma vez. Por acaso seus olhos registraram o nome Abílio. Era uma matéria sobre o colégio de Laranjeiras. Falava de uma brilhante conferência sobre arte feita por um grande orador.

Mendes deu um tapa na testa.

Havia isso no Ateneu. No capítulo seis. Quase dez páginas de transposição de uma palestra sobre arte, numa sessão solene do "Grêmio Literário Amor ao Saber", agremiação formada por professores e alunos interessados em literatura, que se reuniam duas vezes por mês no mesmo salão onde Aristarco dava suas aulas de astronomia.

Aquilo era real. Saíra no jornal da época. Um indício forte de que o Ateneu era o Colégio Abílio.

— E eu já estava concluindo que era o Seminário São José, diabo — resmungou o detetive.

Anotou a data do jornal.
Prosseguiu passando as páginas na tela.
Durante cinco horas.
Não encontrou nada. Levantou, tonto, com os olhos ardendo, passou por Beth e combinou:
— Estou te esperando no Amarelinho. Preciso de um chope. Urgente.

* * *

— Sabe — dizia Mendes a Beth, na mesa do bar, duas horas de chopes depois —, procurando no jornal por um homicídio de mais de um século... Acho que foi a luz e a rapidez das letras passando... entorpeceram meu cérebro. Fiquei meio hipnotizado. Tive pensamentos estranhos. Lembrei que todo aquele passado que corria ali na minha frente, de baixo pra cima, estava morto. Que assassino, vítima, imperador, escravos, senhores e os jornalistas, todos estavam mortos e enterrados. E que daqui a uns anos eu, Mendes, também vou sumir desse planeta maluco sem deixar rastros. Não sobra nada da gente.
— Alguns deixam rastros sim — discordou Beth.
— Não deixam não. Não sobra nem o pó.
— Fica outra coisa.
— O quê? Só se forem as dívidas.
— Fica o espírito, o pensamento... ou sei lá que nome dar a isso.
— Fica nada.
— Fica sim. O que você acha que é um livro? Pode não ter sobrado nem o pó do Raul Pompeia, mas você o conhece, sabe como ele pensou, conhece coisas que aconteceram com ele... As impressões que teve dos lugares por onde passou.
O detetive ficou calado, limpando a unha com um palito, até admitir:

— Tem razão. Sei mais do Pompeia do que do cretino do meu porteiro.

Beth sorriu. Ele então botou sua enorme mão direita sobre a dela.

— É como um Boeing pousando em cima de um jatinho — ele falou.

— O jatinho gostou.

— Beth... Como disse Raul Pompeia, a gente deve *usufruir os lucros da circunstância*...

E a beijou.

· 11 ·
Dando um trato no visual

No dia seguinte, pela manhã, Mendes voltou à Biblioteca Nacional e pesquisou nas edições *do Jornal do Comércio* de 1874, para saber se algum colégio tinha pegado fogo. Aproveitou para beijar Beth atrás de uma estante.

Se um princípio de incêndio num quarto de pensão virava notícia, uma escola destruída pelas chamas teria virado manchete de primeira página.

Não encontrou nada.

Aproveitou para continuar procurando também sobre o assassinato do empregado.

Também não encontrou nada.

Foi almoçar com Beth num restaurante barato da rua do Passeio e depois passaram numa loja de departamentos para escolher roupas novas para o detetive. Saiu com duas calças de brim largas, um sapato de camurça preto com cadarço, três camisas sociais, um cinto preto e um perfume.

— Promete que não usa mais o antigo? — pediu Beth.

— Prometo. Aquilo não era perfume. Eu espalhava loção de barba no corpo.

— Ah, e viu como seu cabelo ficou muito melhor sem óleo de amêndoas... Está solto, natural...

— É o xampu de laranja.

— É?

— A gente usa e o cabelo fica um bagaço.
— Bobo.
Despediram-se com um longo beijo na escada da biblioteca. Mendes foi para o escritório, fazer um balanço da investigação, estava aflito para vestir as roupas novas.
Olhou-se no caco de espelho pregado atrás da porta do banheiro. A camisa, a calça e o sapato realmente atenuavam sua feiura. O cinto novo, com o couro brilhando, ajudou. O cinto velho parecia uma cobra atropelada e seca numa estrada de barro. Jogou-o no lixo.
Cortou as unhas dos pés e das mãos. Estavam imundas, cascudas. Tirou com uma ponta de gilete os tufos de cabelo crespo que lhe saíam de dentro das orelhas.
Sentou diante da escrivaninha, espalhou todos os papéis com desenhos, fotocópias e anotações.
Custou a se concentrar. Não estava acostumado. Era difícil trabalhar feliz.
Começou pelos desenhos. Não havia dúvida. A fachada do Ateneu feita por Pompeia era uma mistura do Colégio Abílio com o Internato São José.
Abriu o caderno de anotações e voltou ao primeiro livro pesquisado: *Obras de Raul Pompeia*, volume II, de Afrânio Coutinho. Repassou todas as informações anotadas.
Descobriu que havia esquecido de pesquisar um livro importante: *A Vida Irrequieta de Raul Pompeia*, de Elói Pontes. Segundo anotara, Elói Pontes foi depositário, pelos descendentes, dos arquivos de Raul Pompeia.
Era o bastante para voltar à rua, à Biblioteca Nacional.
— Tá caprichando no visual — comentou o porteiro.
— Vai cuidar da tua vida.
Admirou seu reflexo nas vitrinas.
— Agora o sapato brilha e o cabelo não. Antes era o contrário.
Foi direto à Beth. Ela o olhou de alto a baixo:
— O que o senhor deseja?
— Levar você pra passear.

— Perfeitamente. Mas só depois das cinco.
— Vou esperar lendo um livro.
— Temos mais de um milhão.
— Quero só um. Do Elói Pontes. Sobre o Pompeia.
— É melhor eu ir com você na sala de leitura — ela sorriu e o pegou pelo braço.

O rapaz do balcão recuou dois passos quando o viu entrar, mas Beth acenou dizendo que estava tudo bem.

— Esse pessoal que lida com livro é um bocado frouxo — disse o detetive.

— Não arranje briga. Cuidado com a roupa nova.

Ela preencheu a ficha e tratou de tudo para ele. Quando o livro chegou, voltou à seção de periódicos.

Mendes passou o resto da tarde lendo sobre a vida de Pompeia. Seu duelo frustrado com um outro poeta, Olavo Bilac, depois de se esbofetearem por este ter acusado Pompeia de ter apoiado o governo de Floriano Peixoto para conseguir um emprego público. Suas lutas abolicionistas e anticolonialistas. Sua campanha a favor da República. Seu discurso maluco no enterro de Floriano Peixoto, falando mal do presidente já eleito, Prudente de Morais. Sua demissão do cargo de diretor da Biblioteca Nacional. E, finalmente, o suicídio.

Na parte dos estudos, duas revelações: primeiro, ele de fato fora aluno de um colégio interno, o Imperial Colégio de Dom Pedro II, na rua de São Francisco Xavier, 1, num lugar conhecido como Chácara da Mata, que hoje corresponde ao Largo da Segunda-feira, na Tijuca.

Mas a segunda revelação era a mais importante: Elói Pontes afirmava ter um boletim de Raul Pompeia, do Colégio Abílio, datado de 31 de março de 1873. E nesse boletim constava uma observação do diretor: "É um menino de grandes esperanças".

Mendes deu um tapa na mesa com tanta força que todos pararam as leituras e olharam para ele.

Nesse mesmo instante Beth entrou na sala e foi até a mesa do detetive:

— Coincidência. Um senhor acabou de me perguntar se eu sabia de algum suplemento literário de jornal que trouxesse algo sobre Raul Pompeia. Recomendei uns microfilmes do *Jornal de Letras*, que saía nos anos de 1970. Mas eu fiz umas perguntas sobre o assunto e ele me arranjou uma lista de livros que falam sobre *O Ateneu*. Olha aí.

Mendes examinou a lista. Já havia consultado todos, menos um, *Balão cativo*, de Pedro Nava.

— Continua sentado aí que eu peço pra você — disse Beth.

— Eu podia ir lá falar com esse senhor. Ele pode ter mais coisa pra dizer.

— Não tem pressa. O velho vai levar muito tempo com os microfilmes. São dez anos de jornal.

O pedido chegou rápido.

Era um livro de memórias. Mendes custou a encontrar a pequena passagem onde o autor se referia a *O Ateneu*. Era curta, mas explicava tudo.

Mendes levantou-se às pressas e correu até a sala de periódicos.

— Beth, acho que resolvi o caso — ele disse, agitado. — Entendi tudo. Queria falar com o homem que indicou os livros. Onde ele tá?

Ela sacudiu os ombros:

— Sei lá. Quando voltei já tinha ido embora.

— Ele podia confirmar umas coisas! Acrescentar alguns detalhes.

— Deixou os microfilmes no balcão e sumiu.

— Que azar. Um homem que sabe da vida do Pompeia, e eu deixo escapar assim...

— Quer o endereço dele?

— Você tem?

— É obrigatório deixar o nome e o endereço na ficha.

— Pega lá. E eu que briguei com vocês por causa da burocracia.

• 12 •
Pista viva

O homem morava no bairro de Anchieta, uma das últimas estações da linha 2 do metrô.

Mendes saiu da Biblioteca Nacional às dez para as cinco, prometendo ligar para Beth assim que voltasse. Entrou na estação do metrô da Cinelândia e começou a longa viagem até Anchieta.

Estava ansioso para confirmar com alguém a conclusão a que chegara sobre *O Ateneu*. A lista que o homem passara à Beth indicava que ele conhecia bem Raul Pompeia. O detetive não podia deixar escapar aquela oportunidade. Falar com uma pessoa. Viva.

Iria procurar o senhor T na manhã seguinte, com o caso resolvido.

Conseguiu um lugar na janela. Entre uma estação e outra, o trem cortando o túnel escuro, via seu reflexo no vidro. Seu rosto estava diferente. Não era só o cabelo sem óleo, nem os pelos cortados... alguma coisa mudara por dentro, e isso aparecia nos olhos. Brilhavam. E nos cantos da boca. Duas novas rugas marcavam um sorriso que não existia antes.

No Estácio teve de descer para fazer a baldeação.

O trem ia lotado, mas conseguiu encaixar seu corpo grande num canto, junto à porta. O trajeto da linha 2 prosseguia sobre a superfície, e seu olhar ia percorrendo o mar de barracos sem reboco e de antenas de tevê que se estendia por todos os lados.

Uma hora depois chegou em Anchieta. Saiu da estação e perguntou sobre o endereço que levava anotado em um papel a um jornaleiro que começava a fechar a banca.

O homem apontou para um grande supermercado e disse que aquela rua passava por trás dele.

Mendes desceu uma passarela de ferro, passou por um corredor de camelôs, atravessou o estacionamento do supermercado e chegou numa rua larga, de pouco movimento, com prédios baixos.

Já era noite, o lugar era escuro e ele não havia trazido a arma. Dando-se conta disso, estremeceu e apertou os punhos.

Chegou a parar e encostar numa parede recuada. Teve raiva das roupas novas. A camisa para dentro das calças. Não havia lugar para o coldre nelas. Havia esquecido completamente do revólver.

Aquilo podia ser uma cilada. Alguém sabe que ele está fazendo uma investigação, "planta" informações sobre o assunto para atraí-lo a um lugar distante, escuro, deserto. Como aquele.

Investigação sobre livro... Aquela história de Ateneu, Pompeia, cliente misterioso...

Beth podia estar envolvida. Usar uma mulher para distrair a vítima. Não era nenhuma novidade. Devia ter desconfiado. Era feio demais para ter sorte. Ela o convenceu a usar roupas novas... Há quinze anos não saía de casa sem arma. Haviam feito um bom trabalho.

Pior era ficar parado. Um tiro poderia partir a qualquer momento, de uma janela, de trás de uma árvore, de um carro... Andando talvez tivesse mais chance de se defender, de perceber um movimento fora do comum... Podia correr. Ou pelo menos morrer com alguma dignidade.

Os temores viraram ódio assim que começou a caminhar, e decidiu ir até o fim, até o endereço que levava amassado na mão direita.

Concluir que Beth podia ser mentira, que ela provavelmente ganhara algum dinheiro para servir de isca, deu a Mendes uma determinação suicida. Se alguém o esperava numa emboscada ele iria até lá.

A raiva foi aumentando à medida que fazia uma lista dos inimigos que poderiam estar por trás daquilo. Repassou toda sua vida como policial. Todos os homens que mandou para a cadeia o juraram de morte. Era uma lista grande demais e ainda estava na metade quando chegou ao endereço.

Era um pequeno prédio cinza e encardido, de três andares, com a parede pichada de alto a baixo. No térreo havia uma loja fechada, com a porta de aço marcada por várias gerações de pontapés. Abrigou-se sob a marquise, olhando para todos os lados, e apertou a tecla número 202 do interfone. Ninguém respondeu, mas a porta de ferro da portaria se abriu. Vedou a fechadura com um pedaço de papel amassado e tornou a bater a porta, fingindo que entrava. Ficou do lado de fora, ouvidos atentos.

Depois recuou até uma árvore próxima e examinou a fachada do prédio. Havia luzes acesas nos terceiro e segundo andares.

Imaginou que a tocaia estava montada no primeiro andar. Esperou. Vinte minutos. Nada aconteceu.

No meio do lixo encostado ao tronco da árvore havia um rolo de arame. Envolveu todos os dedos da mão direita com ele, improvisando um soco-inglês. Fechou o punho com força. Já havia furado a lataria de um carro com um soco daqueles. Faria um estrago grande num queixo.

Abriu a porta sem fazer barulho. Quem quer que o estivesse esperando estaria confuso. Talvez se denunciasse. Se ele pegasse alguém... ao menos um...

Subiu um lance pequeno de escada. Um corredor escuro, com uma porta de cada lado. Não havia luz saindo pelas frestas. Nenhum ruído. Atravessou entre elas com um salto e virou-se, pronto para se jogar contra a primeira porta que se abrisse.

Nada aconteceu.

Subiu correndo um lance de degraus em curva e atingiu o segundo andar, agachado, olhando para frente e para trás. Daria dez anos de vida por um revólver. Arrependeu-se de ter vindo. Devia ter desistido quando dava tempo. Recuado. Tentado voltar para casa enquanto ainda estava na calçada. Agora ficara acuado. Poderiam atacá-lo por cima ou virem do primeiro andar, saindo por uma das portas. Não tinha chance.

A luz que entrava por um basculante de vidros quebrados iluminava a porta que tinha o número 202, pintado de branco, no alto. A luz acesa do lado de dentro formava uma moldura amarelada na porta. Só havia uma coisa a fazer. Não podiam ter certeza de que ele não estivesse armado. Flexionou as pernas, colou o braço direito junto ao corpo e jogou todos os seus cento e vinte e dois quilos contra a porta.

Não estava bem trancada. A maçaneta saltou longe. Mendes rolou sobre um tapete e atirou-se a um canto da sala. Virou uma mesa, usando-a como escudo, e gritou:

— Polícia! Polícia!

Nada aconteceu. Ouviu apenas uma voz grave:

— Eu sei.

Lentamente, foi levantando a cabeça e olhou de trás da mesa.

Um velho estava sentado numa poltrona, lendo um livro.

O livro era *O Ateneu*.

O velho era o senhor T.

· 13 ·

Livro é uma coisa muito estranha

O detetive se acomodou no sofá e aceitou o copo de cerveja.

— Você deve estar curioso — disse o senhor T, voltando à poltrona.

— Bastante. Explique o que...

O velho riu, levantou seu copo num brinde, tomou um gole e disse:

— Calma. Ainda trabalha pra mim, Mendes. Como anda a investigação?

— Desculpe pela porta. Pode descontar do pagamento.

— Esquece.

— Acho que matei a charada, senhor T — o detetive desenrolou o arame dos dedos e pegou o bloco de anotações do bolso. — *O Ateneu* foi escrito por Pompeia em 1888, quando ele tinha 25 anos. Na verdade, não foi baseado nem no Colégio Abílio nem em nenhum outro. O Ateneu é um retrato dos três colégios mais importantes da época. O Internato São José, o tal Colégio Abílio e o Imperial Colégio Dom Pedro II. Pompeia estudou nesses dois últimos.

O senhor T sorria e balançava a cabeça.

— As descrições e os desenhos são uma mistura desses três. Um escritor chamado Pedro Nava, no último livro que

pesquisei, estudou nesse colégio Pedro II. Segundo ele, pela descrição do local do recreio do Ateneu, é possível deduzir que é o Pedro II. Já o rio e a piscina natural existiam no São José. As quarenta janelas na fachada e o jardim enorme na frente são em Laranjeiras... Isso tudo eu posso provar... com anotações, livros, desenhos, fotocópias...
— Tudo bem.
— Quanto ao assassinato, não encontrei nada nos jornais. Se aconteceu, não foi em 1873 nem 74, os anos em que se passa a história do livro. Acho que esse crime pode ter acontecido em qualquer outra época. Talvez no Pedro II. Ou então nem foi um assassinato dentro de um colégio, o Pompeia só aproveitou... Bom, eu posso continuar investigando nos jornais, mas vou cobrar por fora. Dá um trabalho danado.
— Não é necessário. E quanto ao incêndio?
— Não aconteceu. Os três colégios existem até hoje. O São José virou uma fundação, o Abílio, um orfanato para meninas e o Pedro II agora se chama Colégio da Companhia de Santa Tereza de Jesus, no Largo da Segunda-feira.
— Muito bem.
— Agora, uma coisa esquisita... Uma parte desse Pedro II realmente pegou fogo... mas isso foi em 1961! Quase noventa anos depois de Pompeia ter imaginado.
— Livro é uma coisa muito estranha.
Mendes ouviu aquilo calado e bebeu um longo gole de cerveja, olhando o sorriso do velho. Depois apontou o livro ainda aberto, sobre o sofá:
— O senhor sabia de tudo isso, não é?
— Digamos que sim. Mas queria ter certeza.
— Bom, já tem. Meu serviço acabou. Agora sou eu que faço as perguntas. Que diabo tá acontecendo? Quem é o senhor? Por que me pediu para fazer essa investigação? Se já sabia de tudo... Por que se deu ao trabalho... A lista de livros

que deixou na biblioteca... estava tudo neles, não precisava de mim!

— Você não sabe mesmo por que fiz tudo isso?

— Não.

— Belo detetive! Mas eu não tenho obrigação de contar nada!

Mendes fechou os punhos, furioso. Ia avançar no velho. Ninguém falava assim com ele. Mas o outro já lhe estendia uma caneta e um papel e dizia, sorrindo:

— Vamos. Você é um detetive particular. Sabe que tem de respeitar a privacidade do cliente. Tome. Vou fazer o pagamento e quero um recibo.

Mendes sacudiu os ombros e conformou-se.

— Tem maluco pra tudo nesse mundo — resmungou, e escreveu a quantia, o "acuso recebimento" e a data.

— Faça o recibo no meu nome — pediu o senhor T.

— Ah, então pelo menos isso eu vou saber.

— Que jeito... Anote aí. Eu me chamo Teodoro Sampaio Mendes.

O detetive continuou a escrever. De repente parou, sentiu um bolo na garganta e seus olhos ficaram embaçados:

— Pai?

• 14 •
Quem é vivo desaparece

— Acho melhor abrir outra cerveja. Que diabo, garoto! Você não vai parar de chorar?
— Agora dei pra isso..., pai. Acho que tinha muita lágrima acumulada.
— Posso contar a minha história?
— Tô ouvindo. Pode acreditar. Cada palavra.
— Quando você era pequeno me meti numa encrenca. Encrenca das feias. Terminei com a polícia e os bandidos atrás de mim. A única coisa que eu podia fazer era fugir. Mas antes coloquei você num internato. Eu sabia que a sua mãe não ia segurar a onda. Fiz certo. Pouco depois deram uma prensa nela e a coitada fugiu também.
— Ninguém me visitou. Fiquei abandonado.
— Foi mau. Mas não teve jeito. Acabaram me prendendo. No interior de Minas. Dois meses depois. Peguei vinte e três anos de detenção.
— É uma etapa grande.
— Eu que o diga.
— Podia ter me avisado. Mandado uma carta.
— É. Podia. Mas não fiz. Fiquei com vergonha. A primeira pena foi de quatro anos. Achei que ia sair logo, e que você nem precisava saber que tinha um pai ex-preso. Depois as

coisas pioraram pro meu lado. Mas eu sabia de você por um amigo. Nunca te esqueci.

— Um amigo?

— Foi ele que me contou que você tinha entrado pra polícia. Aí é que eu fiquei com vergonha mesmo. Não queria te prejudicar. Enxuga esses olhos... Um homem desse tamanho...

— Me envergonhar?

— Imagine... um polícia, visitando um pai preso... não é mole. E eu achava que podiam me dar um indulto, ou uma prisão-albergue... mas não rolou. Só saí há dois anos.

— E só me procurou agora.

— Aí o problema foi outro. Eu perdi você. Meu amigo morreu, deixou de mandar notícias suas. Só te achei há um mês.

— Tá. Mas o que é que o tal Raul Pompeia tem a ver com isso?

— Não ri não, mas eu continuava com uma vergonha danada, e com muito medo de te encontrar. Você devia ter raiva de mim. Eu te deixei na porta de um internato e nunca mais apareci.

— Agora é você que tá chorando.

— Isso pega. Pronto. Parei. Escuta, sabe o que eu mais fiz nesses vinte e três anos de cadeia? Li livros. É. Pra isso serviu. Li de tudo. Aí um dia esse livro caiu nas minhas mãos. *O Ateneu*. Fiquei com ele. Escondi dentro do travesseiro. Vê como as páginas estão gastas? Já li mais de cem vezes. Você imagina o que foi esse livro pra mim? A história de um filho que é largado na porta de um internato pelo pai...

— Você disse que nunca me esqueceu.

— Olha o livro. Toma. Vê qual é o marcador.

— Essa foto! Eu me lembro. Sou eu, na varanda lá de casa. Essa pipa você fez pra mim.

— Ainda bem que não tem ninguém pra olhar a gente chorar desse jeito.

— Ia queimar nosso filme, pai.

— Quando descobri o endereço do teu escritório fiquei rondando, com medo de aparecer. Aí tive essa ideia maluca. Inventar uma desculpa pra te ver. Pra saber o que você achava do pai. Usei O *Ateneu* pra isso. Era uma forma da gente conversar sobre o passado, sem você desconfiar. Bom, estamos aqui agora...
— É. Mas você podia ter dito logo... Eu ia te perdoar. Estava doido pra ter um pai!
— Eu não podia saber.
— É. Acho que nem eu sabia. Descobri isso lendo o Pompeia.
— Como é que eu ia te convencer a ler esse livro? Só te encomendando uma investigação. Foi uma coisa estranha, mas acabou dando certo. No final fiquei meio ansioso. Eu já tinha te visto saindo com a moça da biblioteca, então dei logo a lista dos livros mais importantes...
— E no final a investigação não tinha nenhum sentido. Esse Pompeia embaralhou muito bem as pistas. O tal Ateneu existiu e não existiu, os personagens eram e não eram de verdade...
— Não faz diferença, filho. A verdade de um livro desse é muito maior do que a nossa. É como a verdade dos sonhos. Mas para de chorar, diabo!
— De quem é esse apartamento?
— Meu. Era de um irmão meu que morreu. Deixou pra mim. Tenho uma pensão do governo. Por que você não vem morar aqui?
— Posso? Vai ser bom. Naquele escritório eu fico mais apertado que pinto no ovo.
— Tenho uma estante cheia de livros no quarto.
— Sabe da mamãe?
— Ia te propor que a gente procurasse por ela.
— Topo. Sou detetive particular. E não vou cobrar nada por isso.

— Então... você não ficou com raiva de mim?
— Fiquei. Mas agora a gente vai ter o resto da vida pra falar sobre isso.
— Então está tudo certo?
— Olha pra mim. Roupa nova, tenho um pai...
— É.
— E o mais inacreditável... arranjei uma namorada.
— Vou buscar aquela cerveja.

Outros olhares sobre *O Ateneu*

Depois de se divertir e se comover com a história do detetive Mendes, em sua busca para desvendar os mistérios do Ateneu, conheça outras obras a que o livro de Raul Pompeia deu origem.

O Ateneu: o início, como folhetim

O *Ateneu* foi o primeiro romance brasileiro centrado na educação intelectual e sentimental do herói, em seu processo de amadurecimento. Inicialmente foi publicado em folhetim, na *Gazeta de Notícias*, entre 8 de abril e 18 de maio de 1888. Posteriormente, em 1894, saiu em livro, pela Editora Alves & Cia.

Raul Pompeia em autocaricatura feita para a primeira página de *O Bohemio*, jornal da década de 1880.

Nesta edição constavam 43 desenhos a *crayon* feitos pelo próprio autor, exímio caricaturista. Daí em diante, até nossos dias, vem sendo motivo de análises críticas, artigos na imprensa e despertando o interesse de biógrafos sobre a vida de Raul Pompeia, além de servir de inspiração a muitos outros artistas.

No palco e na tevê: grandes espetaculos

Em 1979, estreou na televisão, dirigida por Gracindo Júnior, a novela *Memórias de amor*, primeiro trabalho de Wilson Aguiar Filho como novelista. Baseada em *O Ateneu*, é uma adaptação livre do livro, embora contenha quase todos os personagens de Raul Pompeia. A novela conta os dissabores de Jorge e Lívia, que são separados

Caricatura feita por Raul Pompeia, criticando as condições sociais do povo.

roína, Lívia, é vivida por Sandra Bréa, no auge da sua carreira. Porém, o grande destaque de interpretação e de sucesso de público é mesmo Jardel Filho, que faz o papel de Aristarco, num dos melhores desempenhos da sua carreira televisiva. A adaptação, embora um empreendimento ambicioso e difícil de realizar, foi feita com muita competência por Wilson Aguiar Filho, e deslanchou sua carreira, que daí para frente foi repleta de sucessos.

no amor por imposição de Aristarco Argolo de Ramos, pai de Jorge. Aristarco é dono de um dos maiores colégios internos para rapazes da corte carioca — o Ateneu. A trama gira em torno do casal amoroso e os acontecimentos no internato, tendo como principal personagem o menino Sérgio, que reproduz fielmente os episódios narrados por Pompeia em seu livro. Eduardo Tornaghi, como Jorge, e Maneco Bueno, como Sérgio, encabeçam o elenco, que ainda contou com outros grandes nomes da televisão da época. A he-

Raul Pompeia.

Em 9 de fevereiro de 1987, no teatro do CIEP (Centro Integrado de Ensino Público) de Ipanema, criado pelo então governador Leonel Brizola, *O Ateneu* estreou no teatro, com a direção de Carlos Wilson Silveira, ganhador do prêmio Molière de Incentivo ao Teatro Infantil, e música de Milton Nascimento. O diretor revolucionou o teatro jovem carioca, levando 42 atores ao palco, entre eles alguns nomes hoje famosos como Felipe Camargo, Selton Mello, Roberto Bataglin.

Em 1988, quando das comemorações do centenário de sua publicação, um grupo de estudos, orientado por Leyla Perrone-Moisés, analisou os aspectos jurídicos, pedagógicos, políticos, econômicos e psicológicos da obra, e lançou o livro *O Ateneu — Retórica e Paixão*, da editora Brasiliense.

Desenho de Raul Pompeia para a edição de *O Ateneu*.

Na academia: fazendo escola

O Ateneu é presença obrigatória em compêndios de literatura brasileira, e foi estudado e analisado pelos críticos literários mais importantes, como Lêdo Ivo, Mário de Andrade, Silviano Santiago, Sérgio Buarque de Holanda, Tristão de Atayde e Afrânio Peixoto.

Além-fronteiras: reconhecimento internacional

O Ateneu foi traduzido para o francês por Luiz Dantas e Françoise Duprat, em 1880, e publicado na França como *L'Athénée, chronique d'une nostalgie*, pela editora Pandora, de Aix-En-Provence. Foi um grande sucesso de crítica e de públi-

Desenho de Raul Pompeia. Caricatura do personagem Aristarco, para a edição de *O Ateneu*.

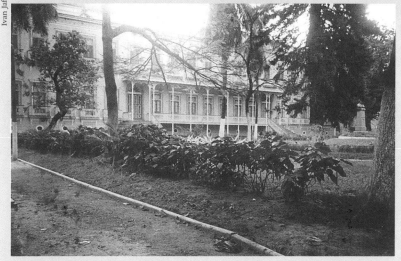

Colégio Abílio, no Rio de Janeiro, onde hoje funciona o internato de meninas.

co, e visto como um romance atual, que se insurgia e questionava a educação repressora e hipócrita que vigorava na época. O jornal *Le Monde* o destacou entre os sucessos latino-americanos do ano, e o *Quinzaine Litéraire* comparou Pompeia a Lautréamont, um dos grandes nomes da literatura francesa.

O valor artístico de um livro, e talvez o que o torna um clássico, pode ser medido pela quantidade e variedade de leituras que provoca. Parece que à medida que o tempo passa as possibilidades de interpretação, de se encontrar novas perspectivas, em vez de se esgotar, revelam sempre mais campos a serem explorados. *O Ateneu*, neste sentido, pode ser uma fonte inesgotável de inspiração, na medida em que se expande além dos muros do internato, e vem retratar toda a amplitude do mundo.

Desenho de Raul Pompeia. Prédio do Ateneu, ilustração que aparece na edição de *O Ateneu*.

DESCOBRINDO OS CLÁSSICOS

ALUÍSIO AZEVEDO
O CORTIÇO
Dez dias de cortiço, de Ivan Jaf
O MULATO
Longe dos olhos, de Ivan Jaf

CASTRO ALVES
POESIAS
O amigo de Castro Alves, de Moacyr Scliar

EÇA DE QUEIRÓS
O CRIME DO PADRE AMARO
Memórias de um jovem padre, de Álvaro Cardoso Gomes

A CIDADE E AS SERRAS
No alto da serra, de Álvaro Cardoso Gomes

O PRIMO BASÍLIO
A prima de um amigo meu, de Álvaro Cardoso Gomes

EUCLIDES DA CUNHA
OS SERTÕES
O sertão vai virar mar, de Moacyr Scliar

GIL VICENTE
AUTO DA BARCA DO INFERNO
Auto do busão do inferno, de Álvaro Cardoso Gomes

GREGÓRIO DE MATOS
VIDA E OBRA
Guerra é guerra, de Ivan Jaf

JOAQUIM MANUEL DE MACEDO
A MORENINHA
A Moreninha 2: a missão, de Ivan Jaf

JOSÉ DE ALENCAR
O GUARANI
Câmera na mão, *O Guarani* no coração, de Moacyr Scliar

SENHORA
Corações partidos, de Luiz Antonio Aguiar
LUCÍOLA
Uma garota bonita, de Luiz Antonio Aguiar

LIMA BARRETO
TRISTE FIM DE POLICARPO QUARESMA
Ataque do Comando P.Q., de Moacyr Scliar

LUÍS DE CAMÕES
OS LUSÍADAS
Por mares há muito navegados, de Álvaro Cardoso Gomes

MACHADO DE ASSIS
RESSURREIÇÃO/ A MÃO E A LUVA/ HELENA/ IAIÁ GARCIA
Amor? Tô fora!, de Luiz Antonio Aguiar
DOM CASMURRO
Dona Casmurra e seu Tigrão, de Ivan Jaf
O ALIENISTA
O mistério da Casa Verde, de Moacyr Scliar
CONTOS
O mundo é dos canários, de Luiz Antonio Aguiar
ESAÚ E JACÓ E MEMORIAL DE AIRES
O tempo que se perde, de Luiz Antonio Aguiar
MEMÓRIAS PÓSTUMAS DE BRÁS CUBAS
O voo do hipopótamo, de Luiz Antonio Aguiar

MANUEL ANTÔNIO DE ALMEIDA
MEMÓRIAS DE UM SARGENTO DE MILÍCIAS
Era no tempo do rei, de Luiz Antonio Aguiar

RAUL POMPEIA
O ATENEU
Onde fica o Ateneu?, de Ivan Jaf